4

MARÉE BLANCHE

Du MÊME AUTEUR

Aux mêmes éditions :

L'Ombre du Vétéran
Prix Pierre Mocaër 1993

La Fontenelle, Seigneur de l'Ile Tristan

Dans la même collection :

Les Bruines de Lanester
Les Diamants de l'Archiduc
La Mort au Bord de l'Etang

Marée Blanche
Prix de la Fondation Paul Ricard 1995

Le Manoir Ecarlate

Boucaille sur Douarnenez
Association des Ecrivains de l'Ouest :
Grand Prix du Roman de la Ville de Rennes 1995

L'Homme aux Doigts Bleus
La Cité des Dogues

De LUC CALVEZ

Le Bon, la Brute et le Notaire

d'HERVÉ LE BLÉVEC

Les Masques de Quimper

Jean FAILLER

4

MARÉE BLANCHE

Quadri Signe - Editions Alain Bargain
125, Vieille Route de Rosporden - Quimper

Toute ressemblance avec des personnes, des noms propres, des lieux privés, des noms de firmes, des situations existant ou ayant existé, ne saurait être que le fait du hasard.

I

22 Novembre.

Sur la mer turquoise, de longues houles ondulaient, couronnées d'écume. Le vent d'ouest soufflait en rafales brutales et désordonnées, le ciel était noir. Un temps à grains. Par moments la pluie se déchaînait et, chassée par le vent, passait à l'horizontale, cinglant les vitres de la cabine, si drue qu'elle plongeait la timonerie dans une sorte d'univers glauque. Puis, aussi subitement, les nuages lourds se déchiraient et un grand pan de ciel bleu apparaissait. Il y avait alors un soleil extraordinaire et il semblait qu'on passait en un instant du plus noir de l'hiver au plus clair du printemps.

A la barre du petit chalutier bleu et blanc, Nicolas Le Maout, l'épaule calée contre la cloison de la cabine, les yeux plissés par la fatigue, regardait venir la côte ; une longue plage de sable fin barrait le fond de la baie, séparant le ciel de la mer d'un trait d'ivoire éclatant. Derrière se dessinaient les champs, les bois, et puis, sur tribord, Concarneau. Ce qu'on apercevait d'abord en venant de la mer, c'était les immeubles

HLM de Kerandon, une longue barrière blanche posée contre le ciel. Entre eux et la mer, les maisons descendaient jusqu'à la ville close plantée sur son rocher, qui trempait ses vieilles murailles dans les eaux paisibles du port. Derrière, il y avait la criée, mais on ne la voyait pas encore.

Des entrailles du bateau montait le grondement sourd du diesel qui tournait à demi-régime. Une lourde silhouette se dressa derrière Nicolas Le Maout, emplissant la petite cabine de sa carrure formidable.

Nicolas détourna à peine la tête et dit d'une voix lasse :

— On arrive.

Et l'autre bougonna d'un timbre éraillé :

— Pas trop tôt !

— Comme tu dis, Petit Pierrot, mes bottes sont lourdes, fit Nicolas Le Maout.

Et il passa d'un pied sur l'autre dans une sorte de danse lente pour tenter de désengourdir ses jambes lasses, puis il prit sur une tablette devant lui un paquet de gauloises froissé, en sortit une cigarette tordue qu'il alluma à un briquet de plastique jaune sans se soucier de la curieuse forme du cylindre de tabac.

La cabine empestait l'huile chaude, le poisson, le tabac et il fallait avoir le cœur bien accroché pour supporter les mouvements du bateau dans cette atmosphère confinée. Qu'importe, ici au moins on n'avait pas froid ; et du froid, de l'humidité, du vent, ces hommes venaient d'en avoir plus que leur compte.

Accablé de fatigue, le reste de l'équipage, deux matelots, dormaient dans le poste, capelés dans leurs cirés jaunes, encore bottés. Comme ils étaient tombés, le sommeil les avait pris.

L'Atalante avait quitté le banc de Porcupine, dans le sud Irlande, vingt-quatre heures plus tôt par une mer bien formée pour regagner son port d'attache et c'est en Manche qu'ils avaient eu l'avarie. Nicolas Le Maout qui tenait la barre pour ce passage difficile avait senti un choc violent, et aussitôt tout le bateau s'était mis à vibrer d'une manière si inquiétante qu'il avait dû passer au point mort ; dès lors les vibrations avaient cessé mais si peu qu'elles eussent duré, elles avaient réveillé le mécanicien Pierre Landrin. Pierre Landrin, dit Petit Pierrot par dérision - il mesurait un mètre quatre-vingt-quinze et pesait cent vingt kilos - s'était péniblement extrait de sa bannette pour venir aux nouvelles :

— Nic, qu'est-ce qui se passe ?

— On a touché quelque chose.

La voix était tendue, anxieuse.

— Un bateau ?

C'était leur hantise. A cet endroit le rail d'Ouessant voyait de jour comme de nuit passer des armadas de navires de commerce et d'énormes pétroliers capables d'envoyer une coque de noix comme l'Atalante par le fond sans même s'en apercevoir. De la même manière, l'Atalante pouvait couper en deux un voilier de plaisance, car il y en avait qui croisaient sur cette route pour rejoindre l'Angleterre. Cependant, en cette saison, le risque de rencontrer un plaisancier était réduit.

Privé de propulsion, le petit chalutier montait et redescendait sur les vagues comme un bouchon. Le front barré d'un pli soucieux, le patron, Nicolas Le Maout, répondit lentement :

— Pas un bateau, une épave. Un tronc d'arbre, ou bien un container sorti de sa pontée. Saloperie !

— Embraye, dit le mécanicien.

Le moteur tournait au ralenti. Nicolas Le Maout enclencha la marche avant et le bateau reprit son erre tout doucement. Petit Pierrot écoutait attentivement, la main sur la rembarde.

— J'entends rien, dit-il enfin.

— Attends !

Lentement le patron poussait la manette des gaz et quand le moteur atteignit un bon régime, le bateau fut repris par cet intense tremblement.

— Coupe ! ordonna Petit Pierrot. C'est l'hélice qui a pris un jeton. On a dû toucher une putain de bille de bois et elle doit être faussée.

— Alors, demanda le patron, qu'est-ce qu'on fait ?

— Essaye doucement. Peut-être qu'à demi vitesse l'hélice tiendra le coup. Pour moi, on a dû perdre une pale.

— Manquait plus que ça ! tonna Nicolas Le Maout en tapant du poing sur la barre. Des frais, encore des frais ! A cause de ces foutus cargos de merde qui surchargent leurs bateaux ! Au premier coup de gîte, on largue la pontée et tant pis pour ceux qui la trouvent sur leur chemin !

Il ne se passait pas d'hiver sans que des cargos maintenant chargés en pontée, larguent une partie de leur cargaison sous les coups de boutoir de la mer. Toutes ces épaves finissaient à la côte, transformant peu à peu les plages en annexes de décharge publique. On trouvait ainsi mêlés aux goémons des couches culottes, des boîtes de lait concentré, voire des insecticides ou même des explosifs. Les pétroliers qui dégazaient dans le Raz de Sein exterminaient la flore et la faune sous leur abominable magma noir qu'il fallait évacuer à la pelle, mais les plus redoutés des marins étaient les grumiers qui, lorsqu'ils perdaient une partie de leur cargaison, mettaient en péril les bateaux de pêche. En effet, un tronc de bois exotique heurté en bout pouvait percer une coque d'acier sans coup férir.

Mais jurer ne servait à rien. Il ne restait plus qu'à prier pour que l'on puisse rentrer à demi-régime. On mettrait douze heures de plus, on raterait la vente du mercredi, donc les meilleurs cours. Et puis, il faudrait hisser le bateau sur le slip-way, perdre huit jours de pêche, sans compter la facture… Le remplacement de l'hélice s'imposerait probablement, encore heureux si l'arbre n'était pas faussé ! Petit Pierrot était descendu dans la cale pour voir s'il n'y avait pas de voie d'eau. Parfois un arbre de transmission faussé ouvrait les tôles et, sur un bateau en acier, c'était le naufrage assuré.

Quand il remonta dans la cabine, il dit soulagé :

— Y'a pas d'eau dans les fonds !

— Encore heureux, grinça Nicolas Le Maout entre ses dents.

— Mais il faudra y aller mollo, parce que si ça se remet à vibrer comme tout à l'heure...

Il n'acheva pas sa phrase, ce n'était pas utile, le patron avait compris. Il leur fallait rentrer à toute petite vitesse, sans quoi l'Atalante ne reverrait pas son port d'attache.

Dieu sait si la nuit avait été longue. Nicolas avait refusé de quitter la barre. L'Atalante était son bateau, même si les traites couraient encore pour de longues années. En avait-il rêvé quand il était mousse, puis quand il était matelot. Avoir son bateau à lui ! Et maintenant qu'il avait réalisé son rêve, pas question de le laisser s'enfoncer au milieu des flots. Il fallait le ramener à bon port.

Le port était là, au fond de la baie, Nicolas Le Maout se sentit soulagé.

Un intense rayon de soleil dorait les puissantes murailles dont, au XVIIe siècle, Sébastien Le Prestre de Vauban avait ceint l'îlot de Conq pour en faire une imprenable place forte qu'on appelait depuis la ville close.

Derrière les remparts le ciel était de plus en plus noir. Dans l'avant-port, désormais réservé à la plaisance, les petits yachts blancs se miraient dans l'eau calme. Une magnifique carte postale, un photographe n'aurait pas manqué un si beau cliché. Mais en ce moment, Nicolas Le Maout se souciait bien peu des photographes et de leurs photos. Tout ce qu'il voyait, c'est qu'il rentrait avec une maigre pêche, un bateau endommagé et vingt-quatre heures de retard qui se traduiraient par une perte sèche de vingt ou trente pour cent sur la vente. Les parts seraient maigres et quand il aurait payé les avitailleurs, la glace, le gas-oil, quand la banque aurait prélevé son dû, il ne resterait pas grand chose pour l'équipage.

Certes, il était content de retrouver Maryvonne sa femme, Loïc et Bernard ses deux garçons, mais il savait qu'après les premières effusions, la conversation roulerait sur les traites de la maison, du bateau et la voiture qu'il faudrait bien changer, avant que la vieille ne rende l'âme. Le fric, toujours le fric ! Où en prendre ? On pêchait de moins en moins et les cours étaient de plus en plus bas. Il n'y avait que les frais qui ne diminuaient pas !

Sur le pont, Lili et Jean Fanch - les deux matelots - les yeux encore pleins de sommeil s'affairaient pour l'accostage. Nicolas Le Maout, le regard dur et l'air préoccupé, les regardait faire. Il sortit la tête hors de la passerelle :

— Holà, vous deux, venez donc voir un peu !

L'Atalante embouquait le chenal qui mène à l'arrière port, là où se tient la criée. Le patron passa au point mort et le bateau n'avança plus que sur son erre, fendant les eaux calmes du bassin irisées de mazout. Les deux hommes s'arrêtèrent devant la passerelle, le visage levé, le regard interrogatif. Louis Moing, dit Lili était un petit homme mince dont le visage mangé de barbe était marqué d'une longue cicatrice livide qui allait de la pommette au menton, cruel souvenir d'un panneau de chalut qui l'avait frappé en pleine face alors qu'il s'apprêtait à larguer le cul du filet. Il avait, ce jour-là, dû à Petit Pierrot d'avoir la vie sauve. Le colosse l'avait croché d'une seule main par son ciré alors qu'inconscient et tout sanglant, une vague l'emportait par-dessus le bord. Lili Moing qui paraissait soixante-cinq ans en avait quarante. L'autre matelot s'appelait Jean François Lours. Il avait trente ans et était le cousin par alliance de Nicolas. Sous un aspect fluet, ce taciturne était dur à la peine, capable de ramander un cul de chalut déchiré sous n'importe quel temps. Ces quatre hommes étaient des "chiens de mer". Leurs pères, leurs grands-pères avaient été marins avant eux. Ils n'avaient jamais envisagé leur avenir ailleurs que sur un bateau de pêche et d'ailleurs, hors pêcher, que savaient-ils faire ?

— Pour ce que vous savez, dit Nicolas Le Maout en les regardant bien droit dans les yeux, souvenez-vous de ce que je vous ai dit : motus.

Et comme les deux autres opinaient du chef il ajouta :

— Que j'apprenne qu'un d'entre vous a ouvert sa

grande gueule, jamais plus il ne foutra les pieds sur mon bateau. Et je m'arrangerai pour qu'il ne puisse pas les mettre sur un autre non plus. Vous voilà avertis, à bon entendeur...

Un mouvement de tête les renvoya à la manœuvre ; Nicolas Le Maout embraya de nouveau et l'Atalante vint accoster en douceur sous la grue qui, dans la nuit froide de novembre allait vider ses cales du produit de cinquante traits de chalut.

II

15 Décembre.

Mary Lester resserra le col de son duffle-coat autour de son cou et frissonna. Derrière elle, l'employé de la morgue repoussait le grand tiroir où reposait le corps de Tibère. Il y eut un bruit de roulements parfaitements huilés, puis un claquement sec ; le tombeau provisoire de Tibère s'était verrouillé automatiquement. Ce bruit, par ce qu'il avait d'inexorable et de définitif, fit de nouveau frissonner Mary.

Tibère s'appelait en réalité Lucien Le Berre, dit le petit Le Berre, puis par raccourci, petit Berre, et enfin Tibère. Aucune parenté avec l'empereur. Vingt-sept ans, pas de métier bien défini, barman occasionnel pendant la saison touristique, docker suppléant quand le port manquait de main d'œuvre, (ce qui ne s'était pas vu depuis des lustres), et pilier de bistrot à temps plein.

Derrière elle, le préposé aux macchabées allumait une gauloise. La pièce était entièrement carrelée de blanc, il y avait une table, également carrelée, probablement destinée aux autopsies et, dans le fond, occupant tout le pan de mur, un meuble en inox, sorte de vaste commode réfrigérée où étaient rangés les corps en attente de dernière demeure. Se détachant sur le mur blanc, une pancarte portant une inscription en capitales rouges : DÉFENSE DE FUMER. L'employé en blouse blanche suivit le regard de Mary et montra sa cigarette :

— Ça ne vous dérange pas ?

— Non.

Elle préférait encore l'odeur de cigarette à celle écœurante du désinfectant qui empestait la morgue.

Le type eut un petit rire et tendit le pouce derrière son épaule, montrant le meuble d'inox :

— Le tabac ne risque plus de lui faire de mal !

Ça devait être de l'humour. Mary le regarda froidement tandis qu'il poussait la lourde porte métallique. Elle sortit et huma avec délices l'air frais du dehors qui sentait la campagne, la terre fraîchement labourée

— Vous le connaissiez ?

— Bien sûr, dit l'homme en soufflant sa fumée avec une sorte de suffisance. Qui ne connaissait pas Tibère ? Un personnage, madame, un type qui aurait pu être un grand peintre s'il avait voulu mais voilà, les copains, la liche, il avait presque viré grignou.

Et comme Mary le regardait d'un air interrogatif, il expliqua :

— Clochard quoi. C'est comme ça qu'on les appelle ici. S'il n'avait pas eu sa vieille, il aurait été à la rue depuis longtemps.

— Et, la liche, c'est probablement...

Elle fit, en levant le coude, le geste de porter un verre à ses lèvres.

— Ouais, fit l'homme avec un rire gras. Le jaja...

— Compris, dit Mary.

Vu sa trogne, lui non plus ne devait pas cracher dessus. C'est vrai qu'avec un tel métier il avait des circonstances atténuantes. Elle s'imagina un instant rentrant chez elle imprégnée de cette odeur de morgue et frémit d'horreur. Puis se reprenant, elle demanda :

— Il habitait chez sa mère ?

— Oui.

— Où ça ?

— A Lanriec.

— Lanriec ? dit Mary.

L'homme la regarda, surpris. Qu'est-ce c'était que cette bonne femme qui ne connaissait rien à rien ?

— Je ne suis pas d'ici, dit-elle.

L'homme hocha la tête, il comprenait. Il prit le temps de tirer une bouffée de sa cigarette et de la rejeter voluptueusement.

— C'est de l'autre côté de l'eau, dit-il enfin. Faut passer le pont ou traverser au bout de la ville close.

Il tira une nouvelle bouffée et, après réflexion, ajouta :

— On peut aussi y aller par le port de commerce.

Mary hocha la tête, comme pour aller à Rome, les chemins pour se rendre à Lanriec ne manquaient pas. Elle demanda :

— Il avait des ennemis ?

— Des ennemis ? répéta le gardien des morts d'un air stupéfait. Tibère des ennemis ? J'crois pas ! Pourquoi en aurait-il eu ?

— Je ne sais pas non plus, dit Mary, je cherche. Qui aurait pu lui en vouloir assez pour l'arranger à ce point ?

— Je ne vois pas, dit l'homme en tirant sur son mégot d'un air perplexe.

Il réfléchit puis ajouta :

— Il devait bien avoir quelques ardoises impayées dans les bistrots.

— On se tue pour ça par ici ? demanda Mary ?

L'homme jeta son bout de cigarette dans l'herbe mouillée, l'écrasa consciencieusement du bout du pied et se mit à rire.

— Heureusement que non, ça serait un drôle de massacre, on serait obligé d'agrandir ma boutique !

— Bien, dit Mary, je vous remercie.

Le gardien en tenue qui l'attendait au volant de la R 12 break la ramena au commissariat.

☆

☆ ☆

Pour l'inspecteur de police Mary Lester, la journée avait commencé de façon bizarre. Il y avait d'abord eu la réunion habituelle dans le bureau du commissaire Lebret à Quimper et, au moment de sortir, cette interpellation du patron :

— Un moment, Lester. Deux mots à vous dire.

Vaguement inquiète, Mary avait attendu que les autres inspecteurs sortent du bureau du patron. Ils étaient passés devant elle en la regardant, certains avec curiosité, d'autres avec une ironie à peine voilée. Son succès dans ce qu'on appelait maintenant "l'affaire Lostellier" (1) n'avait pas plu à tout le monde.

Quand la porte capitonnée se fut refermée, le commissaire Lebret la pria de s'asseoir et lui dit en souriant :

— Ne vous inquiétez pas Lester, il n'y a rien de cassé. Simplement, mon collègue de Concarneau qui a besoin d'un spécialiste.

— Un spécialiste ? dit Mary en fronçant les sourcils.

— Oui jeune fille, dit le commissaire, figurez-vous qu'on a retrouvé hier un corps flottant dans le bassin du port de pêche à Concarneau. Une sorte de marginal qui aurait été tabassé avant d'être jeté à l'eau. Ça ne vous rappelle rien ?

Mary fixa le commissaire : se moquait-il ? Non, c'était sa façon de présenter les choses, son humour, un peu lourdingue, mais pas méchant. Il faisait allusion à la première enquête que Mary avait mené au commissariat de Lorient, et dont le point de départ avait été un clochard repêché dans le port (2).

— C'est un exercice où, paraît-il, vous excellez.

— Il n'y a donc pas d'inspecteurs à Concarneau ? demanda-t-elle.

(1) La mort au bords de l'étang. (2) Les bruines de Lanester.

— Si, dit le commissaire, quatre.

— Alors ?

— Alors il y en a un qui a la grippe, un autre qui est en stage au Mont d'Or, un troisième qui est aux sports d'hiver.

— Et le quatrième ?

— Aux dires du commissaire Dumont, c'est un poivrot en instance de retraite. Il le garde au poste en attendant qu'il dégage.

— Bien, dit Mary, que dois-je faire ?

— Tout simplement prendre votre voiture, aller à Concarneau et vous présenter au commissaire Dumont. Il vous donnera ses directives.

*
* *

Une petite demi-heure de voiture suffit à Mary pour atteindre le grand port de pêche. A dix heures elle frappait à la porte du commissaire Dumont qui l'attendait.

Le commissaire Dumont était un quinquagénaire athlétique. Il avait le visage tanné des hommes qui vivent au grand air et ses cheveux gris étaient taillés ras en une sorte de brosse qui sentait la coupe militaire à six pas.

S'était-il attendu à voir arriver une jeune fille dans son bureau alors qu'on lui avait annoncé un inspecteur ? Il n'en laissa rien paraître et accueillit fort aimablement

Mary, lui exposa l'affaire pour laquelle il requérait ses services : un marginal repêché dans les eaux du port. Un accident, probablement, comme il s'en était déjà produit vingt, mais le corps portait des traces de coups et une enquête s'imposait.

— Je pense, dit Mary, que la première chose à faire est d'aller voir le corps.

— Oui, dit le commissaire. Je suis désolé d'avoir à vous imposer cette corvée mais...

Mary le coupa :

— Mais ça fait partie du métier.

Dumont la regarda, apparemment surpris qu'elle le prenne sur ce ton.

— Bien, dit le commissaire en se levant, le corps est à la morgue de l'hôpital, demandez au chef de poste une voiture et un chauffeur. Dès votre retour, revenez me rendre compte.

Il n'y a pas que la coupe de cheveux qui sente le militaire, se dit Mary, le ton aussi. Il n'aurait pas fait Saint-Cyr celui-là, avant d'entrer dans la police ?

☆
☆ ☆

— Alors, dit le commissaire Dumont, ce macchabée ?

Il regardait la jeune femme d'un regard bleu et froid.

Un regard de légionnaire, se dit Mary. Elle grimaça :

— Pas beau à voir !

— Fallait s'en douter, dit Dumont. Je vous avais dit qu'il avait été molesté…

Mary pouffa, le commissaire la regarda sévèrement :

— Ça vous fait rire ?

Elle se reprit :

— Excusez-moi monsieur, c'est nerveux. Et puis, c'est ce mot que vous avez employé, molesté.

Dumont eut soudain l'air de s'impatienter :

— Peu importent les mots, inspecteur. Molesté, dérouillé, passé à tabac… Vous pouvez choisir.

— Aucun ne me convient, monsieur.

— Voyez-vous ça ! ironisa le commissaire.

Ses doigts épais jouaient avec un crayon. Il en tapota le dessus de son bureau en fixant Mary :

— Et, selon vous, qu'est-il donc arrivé à ce pauvre Le Berre ?

— Il a été torturé.

Dumont siffla et se leva, fit quelques pas dans le bureau en hochant la tête d'un air surpris :

— Eh bien, vous au moins vous n'y allez pas par quatre chemins !

— Avez-vous vu le corps ? demanda Mary.

— Non. Mais je n'aurais pas dû vous laisser aller à la morgue toute seule…

— Que j'y sois allée seule ou en compagnie ne change rien à l'affaire : le malheureux Tibère a eu toutes les incisives cassées, le visage martelé de coups, les doigts écrasés, des brûlures de cigarette sur la poitrine, sur le ventre, sur le sexe…

Dumont fixait Mary d'un drôle d'air, intrigué, se demandant visiblement où elle voulait en venir. Il y eut un blanc et comme le commissaire continuait de la regarder sans ciller, elle dit en le fixant à son tour :

— On moleste très fort par ici, monsieur.

Le commissaire fut sur le point de se fâcher. Un inspecteur lui aurait parlé sur ce ton, c'était l'explosion garantie. Mais le culot et l'aplomb de cette gamine l'amusaient. Il eut un mince sourire.

— Je dirais même, poursuivit-elle encouragée par ce sourire, qu'on l'a torturé pour lui faire avouer quelque chose.

Le commissaire se renversa dans son fauteuil, cette fois il riait franchement :

— Lui faire avouer quoi ? Son coin à champignons ? Ses trous à crevettes ?

Il se leva, marcha jusqu'à la fenêtre et s'adressa à Mary en lui tournant le dos :

— Un peu de sérieux inspecteur, ça ne tient pas debout ! Ce Lucien Le Berre était un pauvre type ! Un pauvre type qui n'avait pas trois ronds devant lui ! Il aura été bouzillé par ses copains de squat pour un litre de rouge !

Mary hocha la tête négativement :

— Non monsieur. S'il avait reçu deux ou trois coups de couteau, pourquoi pas, mais là il a été systématiquement torturé. Et puis, si ses copains l'avaient tué dans leur squat, comme vous dites, ils n'auraient pas pris la peine de venir le balancer dans le port.

Le commissaire paraissait ruminer, fort ennuyé que ce ne fut pas un crime de marginaux. Il dit sans grande conviction :

— Vous êtes encore jeune dans le métier inspecteur. Ces clochards, ces grignoux comme on dit ici, peuvent être pris d'une fureur destructrice. J'en ai vu un une fois sur lequel ils s'étaient acharnés à quatre, il était lardé de plus de cent coups de couteau !

— Et le lendemain, dit Mary, vous avez retrouvé les coupables dormant près de leur victimes, baignant dans le sang et dans le vin rouge, l'Opinel à la main…

— Oui, concéda le commissaire comme à regret.

— Tibère ne dormait plus au squat depuis une semaine, dit Mary.

Le commissaire se retourna et s'adossant au radiateur :

— De qui tenez-vous ça ?

— Du type de la morgue, il le connaissait.

— Ah ? Et où résidait-il donc ?

— Il était retourné chez sa mère, à Lanriec…

— On m'avait pourtant dit que la vieille ne voulait plus le voir.

— Faut croire qu'ils s'étaient réconciliés.

— Etes-vous allée jusqu'à chez elle ?

— Pas encore, vous m'aviez dit de repasser ici après la morgue.

— Bon, eh bien, allez maintenant.

— Je pense qu'il vaudrait mieux que je prenne ma voiture.

— Comme il vous plaira, dit Dumont en retournant s'asseoir.

En voilà au moins un qui n'est pas contrariant, se dit Mary en montant dans sa petite Austin.

*
* *

Bernadette Le Berre habitait une vieille maison d'un étage dans une venelle du Passage Lanriec. La petite rue, mal pavée, était si étroite qu'elle n'osa pas s'y engager en voiture. Elle se gara sur une grande place, face à la vieille ville close, derrière une grosse BMW immatriculée en Belgique. Elle se fit la réflexion que, même hors saison, Concarneau attirait les touristes.

Mary trouva madame Le Berre, attablée devant un café pain beurre en compagnie de deux autres femmes de son âge, toutes vêtues de noir. La maison comportait au rez-de-chaussée deux pièces séparées par un couloir. A droite, une cuisine avec une étroite fenêtre donnant sur la venelle sans soleil, à gauche Mary entrevit par la porte entrebâillée un lit haut avec un édredon grenat. Sans doute la chambre de Bernadette Le Berre.

Le sol du couloir était en ciment brut, les cloisons en planches peintes d'un vert cru assez surprenant dans une maison. Comme souvent dans les demeures des marins, on avait utilisé des restes de peinture ayant servi pour le bateau. Décoration surprenante.

Dans la cuisine, un linoléum à bout de course laissait voir sa trame. Sur une cuisinière à charbon qui servait à la cuisine et au chauffage, une antique cafetière émaillée bleue et rouge. Et puis un buffet en Formica et une table de bois blanc couverte d'une toile cirée jaune, quatre chaises paillées, un évier écaillé sous lequel on apercevait le bleu métallisé d'une bouteille de gaz.

Bernadette Le Berre avait un visage blafard où se détachaient ses yeux rougis. Elle regardait ses amies avec un air de détresse, comme pour chercher leur réconfort. Pendant des années, elle avait travaillé au déchargement des bateaux sur les quais, la nuit, pieds et mains dans la glace, exposée à toutes les bises. Elle en avait gardé d'épaisses mains rouges qui paraissaient incongrues sur la toile cirée jaune.

Les yeux en dessous, elle épiait Mary avec une hostilité résignée, tandis que les voisines la fixaient hardiment, prêtes à mordre.

— Je voudrais vous parler, madame le Berre, dit Mary.

Surprise par cette voix douce, Bernadette leva les yeux sur Mary, puis porta son regard sur ses deux amies, comme pour leur demander conseil.

— Eh bien, dit l'une des commères effrontément, allez-y !

Mary les fixa, beaucoup moins amène :

— Je souhaiterais parler à madame Le Berre « en particulier».

La vieille femme parut soudain décontenancée :

— J'ai rien à cacher, dit-elle hargneusement en regardant Mary par en dessous.

En voilà une, se dit Mary, qui a dû prendre son compte de taloches ! Elle fixa la vieille femme :

— Eh bien, si vous n'avez rien à cacher, vous raconterez ça à ces dames plus tard.

— Vous êtes l'assistante sociale ? demanda Bernadette Le Berre.

— Pas précisément…

— Parce que, poursuivit la vieille, l'adjoint au maire est passé et il m'a dit comme ça qu'il m'enverrait une assistante sociale au cas que j'aurais eu besoin de quelque chose.

Sous le ton geignard, la revendication perçait.

Mary sortit sa carte de la poche de son duffle-coat :

— Inspecteur Mary Lester, Police Nationale.

Les trois femmes se regardèrent, interdites.

— Vous… Vous êtes de la police ? demanda la vieille éberluée.

— Oui, dit Mary en tendant sa carte.

La vieille jeta un vague regard au carton barré de tricolore, puis s'adressant aux deux autres en breton, elle leur signifia ce que Mary prit pour un congé.

Ça devait être ça. Les deux femmes se levèrent avec mauvaise grâce. Il était visible qu'elles eussent donné cher pour pouvoir assister à la conversation mais elles ne pouvaient rien faire d'autre que partir. Elles vidèrent sans empressement leur bol de café et, pendant un instant, Mary ne vit plus d'elles que deux paires d'yeux durs qui la fixaient sans aménité par-dessus le cercle de faïence blanche. Ayant fini, elles reposèrent avec un ensemble parfait les bols sur la table et se levèrent en repoussant leurs chaises.

— Kénavo, dit la première en prenant congé, et l'autre ajouta une brève phrase en breton que Mary ne comprit pas.

— Qu'a-t-elle dit ? demanda-t-elle à Bernadette Le Berre.

— Kenavo, dit la vieille, au revoir.

— Non, dit Mary, après, elle a dit quelque chose.

— Elle a dit, fit la vieille avec embarras, elle a dit qu'elle reviendrait plus tard.

— Ah, c'est ça, dit Mary en écrivant sur son calepin.

Bernadette Le Berre jeta un dernier coup d'œil au dehors puis ferma soigneusement la porte. Puis, d'un geste emprunté, elle proposa à Mary de s'asseoir.

— C'est rapport à Lulu, dit-elle d'une voix étranglée.

Ce n'était pas une question et Mary remarqua que c'était la première fois, dans cette enquête, que la victime était appelée par son prénom. Elle acquiesça de la tête.

— Quand est-ce qu'on va me le rendre ? pleurnicha-t-elle en se tordant les mains ?

— Bientôt, dit Mary sans se compromettre.

— Je n'ai même pas eu le droit de le voir, dit-elle encore sur un ton geignard.

Mary pensa in petto que ça valait mieux ainsi, car

si la pauvre femme avait vu dans quel état on avait mis son rejeton, ça n'aurait pas atténué sa douleur... Officiellement, Lucien Le Berre s'était noyé dans le bassin des chalutiers. Ça n'avait surpris personne, car il était si souvent sorti des bistrots du quai en tirant des bords qu'un tel accident était plausible, sinon prévisible. D'autant qu'à cet endroit, le quai n'avait pas de rambarde.

— Dites-moi, madame Le Berre, votre fils habitait bien ici ?

— Oui.

— Où ça ?

— Là-haut, dit la vieille en désignant le plafond d'un coup de tête.

— Je peux voir sa chambre ?

— Pourquoi ?

— Pour les besoins de l'enquête.

— Ah, dit la vieille surprise.

Puis, après un temps de silence :

— Si vous voulez.

Mary la suivit dans le couloir, puis dans l'étroit escalier qui menait à l'étage. Cet escalier semblait être l'endroit le mieux entretenu de toute la maison. Il sentait la cire d'abeille mais portait curieusement en son milieu des traces boueuses qui n'avaient pas encore eu le temps de sécher. La vieille les frotta de la main, essayant maladroitement de les faire disparaître.

— Vous avez eu de la visite ? demanda Mary.

— Oui, dit la vieille laconiquement.

— Des copains de votre fils ?

— Oui.

— Que voulaient-ils ?

— Récupérer des affaires qu'ils avaient prêtées à Lulu.

— Vous avez vu ce que c'était ?

— Non.

Sous cet interrogatoire la vieille se refermait, se renfrognait.

— Vous les connaissiez ?

— Non.

— Vous ne les aviez jamais vus ? insista Mary incrédule.

— Jamais.

— Et vous les avez laissés fouiller dans la chambre de votre fils ?

— Fallait pas ? Que voulez-vous que je fasse de son bazar maintenant ? Ils auraient aussi bien pu tout emporter !

A nouveau elle avait cette voix hargneuse, vindicative.

Elle poussa la porte.

— Excusez le désordre, j'ai pas eu le temps de ranger.

La phrase avait été prononcée du bout des dents, peut-être d'une manière de défi, d'un air de dire : "c'est le bordel, mais si tu savais comme je m'en fiche !".

Pour un souk, c'était un souk ! Le lit était complètement ouvert et le matelas avait été soulevé et remis de travers. L'armoire béait et les vêtements qu'elle avait dû contenir étaient éparpillés par terre. Aux murs tapissés d'un horrible papier à grosses fleurs mauves, on voyait quelques reproductions au crayon de Mickey, Donald et autres personnages de Walt-Disney. L'artiste avait signé de son pseudonyme : Tibère. Ce devait être de ces œuvres que parlait l'employé de la morgue quand il avait prêté de si grandes qualités artistiques au défunt.

C'est votre fils qui dessinait ça ?

— Oui, grogna la vieille.

Mary se força à un gros mensonge :

— Il avait du talent !

— Ah ça, dit la vieille vaguement fière d'avoir enfanté d'un petit génie capable de dessiner des Mickey d'une telle qualité, sûr que s'il avait voulu, il aurait été quelqu'un. Mais rien à faire pour qu'il reste à l'école. En mer qu'il voulait aller !

Elle haussa les épaules en signe de réprobation.

— Ici tous les enfants sont comme ça. La mer, pêcher, ils n'ont que ça en tête !

Elle secouait sa grosse tête blafarde avec indignation.

— Il a commencé à la sardine en été, avec son père. Mais il s'engueulait avec lui. Moi, je savais bien que ça se passerait mal ! Pensez, deux bourriques comme ça sur le même bateau ! Alors il est parti au chalut dans le Nord. Mais dame, le chalut c'est que c'est dur, surtout en hiver. Il a fini par rester à terre, soi-disant barman dans une boîte de nuit. Et puis il s'est mis à boire…

A nouveau elle leva les bras, puis les laissa retomber :

— Qu'est-ce que j'aurais fait ? Quand je l'enguculais trop, il ne rcntrait plus et c'était pire que tout ! Pour alors son père était péri en mer, en Décembre 88 et moi je travaillais à la criée, à décharger le poisson.

Elle sortit de la chambre et Mary la suivit. Sous leurs pas l'escalier craquait. Elles se retrouvèrent dans l'étroit couloir qui donnait sur la ruelle. Mary ne savait trop quelle question poser à cette vieille femme accablée de chagrins. Il lui paraissait évident que la mère et le fils évoluaient dans deux mondes trop différents l'un de l'autre pour qu'elle pût trouver ici des éléments propres à faire progresser son enquête. Pourtant elle avait senti quelque chose d'étrange dans cette maison : ces trois femmes en noir sous la lumière parcimonieuse du plafonnier, conférant mystérieusement autour d'une cafetière, ce silence qui avait suivi son arrivée, et puis la recommandation d'une des commères, énoncée en breton. Etait-ce voulu ? Etait-ce pour qu'elle ne puisse pas comprendre ? A moins que ce ne fut la coutume que de parler breton…

— Dites-moi, madame Le Berre, dit-elle enfin, quel est le dernier bateau sur lequel Lucien ait navigué ?

— Pourquoi me demandez-vous ça ? fit la vieille agressive.

Mary fut surprise du ton employé.

— Mais… Parce que j'enquête sur sa mort !

— Il ne s'est pas noyé en mer d'Irlande, dit la vieille sur le même ton dur, il a fini dans le port, comme un poivrot qu'il était, fin saoul probablement ! Alors, qu'est-ce que ça peut faire que ce soit sur un bateau ou sur un autre qu'il ait fait sa dernière marée ? Ça remonte à plus de cinq ans !

Et comme Mary ne disait rien et restait immobile à la fixer dans la pénombre du couloir, elle jeta :

— L'Atalante qu'il s'appelle, puisque vous voulez tout savoir. Patron Nicolas Le Maout !

— Il le connaissait depuis longtemps ?

— Qui ça ?

— Eh bien, ce Nicolas Le Maout !

— Nicolas ? Je pense bien ! La famille Le Maout habitait la maison d'à côté. Nicolas et Lulu étaient inséparables. A cette époque mon mari vivait encore. Il était patron, il avait une pinasse et le père de Nicolas était son matelot.

— Ils n'habitent plus là ?

— Non. Je vous l'ai dit, la pinasse a fait son trou dans l'eau en Décembre 88. Perdus corps et biens au large de Groix.

— Le père de Nicolas était à bord ?

— Oui, avec mon mari, et puis un mousse.

Il y eut un silence que Mary respecta, puis elle demanda :

— Et la mère ?

— Partie habiter à Trégunc, avec sa fille.

— Et Nicolas ?

— A Trégunc aussi. Il a construit une belle maison neuve, sur la dune. Ah, il s'est bien débrouillé, Nicolas !

Il a un beau bateau neuf, il gagne des sous !

Il y avait de l'amertume dans la voix de la vieille. Nicolas Le Maout était devenu ce que son fils à elle aurait dû devenir. Elle le ressentait comme une grande injustice.

Mary tira la porte qui grinça sur le ciment du couloir.

— Au revoir...

Elle n'obtint d'autre réponse qu'un vague grognement. Sur son seuil, la silhouette noire, immobile et silencieuse la regarda s'éloigner dans le crépuscule. Au bas de la venelle étroite et mal pavée on entendait la mer battre les rochers. De l'autre côté du chenal du Moros, la ville close dressait ses imposantes murailles. A leur droite, la criée, le port de commerce où un cargo frigorifique débarquait du thon congelé, et puis le slip-way où quatre chalutiers étaient en carénage, posés comme de gigantesques maquettes cernées d'échafaudages. A gauche, la pleine mer avec les feux verts et rouges des balises du chenal et l'avant-port désormais réservé aux navires de plaisance.

III

Quand Mary Lester arriva au commissariat, la nuit était presque tombée et au long du quai, les boutiques scintillaient de toutes leurs boules de Noël.

Le commissaire Dumont était sorti, seuls quelques gardiens allaient et venaient dans les couloirs. Elle passa devant un bureau dont la porte était ouverte ; un journal se baissa et Mary vit une tête ridée qui la contemplait derrière des lunettes en demi-lune.

— Bonjour, dit-elle surprise.

Le journal s'abaissa complètement et Mary vit son interlocuteur en buste. C'était un homme d'une bonne cinquantaine d'années, au visage marqué de couperose, avec sous les yeux des poches descendant jusqu'au milieu des joues. Elle pensa aussitôt au seul inspecteur disponible, celui que le commissaire Lebret avait qualifié de poivrot.

— Vous cherchez quelqu'un ? demanda l'homme ?

— Le commissaire Dumont.

— Il est sorti. Qu'est-ce que je peux faire pour vous ?

Et, comme Mary le regardait d'un air interrogatif, il se présenta :

— Inspecteur Moisan.

— Mary Lester. C'est donc vous le seul rescapé de l'épidémie qui a frappé le corps des inspecteurs dans cette maison ?

Moisan rit :

— Comme vous dites.

Mary était sur le seuil de la porte. Elle demanda :

— Je peux entrer ?

L'inspecteur se leva :

— Je vous en prie.

Il vint à sa rencontre en lui tendant la main, puis il la considéra des pieds à la tête et enfin, avança une chaise.

— Voici donc la célèbre Mary Lester, l'inspecteur de charme à qui aucune énigme ne résiste.

Mary rit à son tour :

— Quelle réputation !

— Justifiée, ma chère, justifiée ! fit Moisan avec une galanterie quelque peu outrée.

Puis, consultant sa montre il s'exclama :

— Mais il est six heures passées !

Il prit familièrement Mary par le bras :

— Venez mon petit, ne restons pas une seconde de plus que nécessaire dans ces lieux inhospitaliers. Je connais en bas à droite, sur le boulevard, un établissement tout à fait comme il faut et que j'honore de ma pratique depuis tantôt un demi-siècle.

Mary se bloqua net :

— A une condition Moisan…

C'était au tour de Moisan de la regarder d'un air interrogatif.

—... C'est que vous ne preniez pas cette stupide habitude de m'appeler "mon petit". Je vous le dis tout net, je ne le supporte pas !

— D'accord, dit Moisan conciliant, mais avec le patron vous y aurez droit.

— On verra ça, dit-elle en lui emboîtant le pas.

Ils retraversèrent le hall et sortirent dans la nuit.

— C'est là, dit l'inspecteur en montrant une devanture lie de vin dont le carreau était embué. Ça s'appelle le "Bar du Port". Original non ?

Il poussa la porte vitrée et fit passer Mary devant lui. Il y avait au sol un carrelage couvert de sciure, un comptoir de bois verni où des marins étaient accoudés devant des verres de bière. Ça sentait l'anis, la fumée, le poisson. Aux murs, des photos jaunies, des grands thoniers sous voile, le quai Pénéroff aujourd'hui remplacé par un parking, des femmes en coiffe lavant la sardine à même la grève, avant de la mettre en boîte. La couleur originelle des murs avait disparu sous des strates de nicotine et même la lumière était jaunâtre. Derrière le bar se tenait le patron, être falot et chauve qui soutirait les demis de bière d'un air de profond ennui. Derrière le bar une porte donnait sur la cuisine et il s'en échappait un fumet délicieux.

Dans l'arrière-salle, quelques tables étaient occupées par des retraités qui jouaient aux cartes.

— Salut tout le monde, lança Moisan à la cantonade.

Il jeta un coup d'œil circulaire :

— Eh patron, t'as toujours pas fait refaire les peintures !

— Salut Loulou, répondit le patron en prenant un verre et une bouteille de pastis. Les peintures, on les refera l'année prochaine si les affaires sont bonnes.

— Bon, dit Moisan avec bonne humeur. On ne risque donc rien.

Il se tourna vers Mary :

— Ça fait vingt ans qu'il répète la même chose.

— Et en vingt ans les affaires n'ont jamais été bonnes ? demanda Mary.

— Jamais, dit le patron d'un ton lugubre.

Puis se retournant vers Moisan :

— Presque aussi longtemps que la dernière fois que tu as arrêté un voleur.

Une voix de femme sortit de derrière le bar :

— Pauvre Loulou, même l'autobus il n'arrive pas à l'arrêter !

Moisan, loin de se fâcher, riait de bon cœur.

— Ils sont durs avec moi !

Il fit mine d'être sérieux :

— Vous allez voir, quand je vais débarquer avec la brigade financière !

Le patron haussa les épaules derrière son bar et la même voix féminine menaça :

— Essaye un peu pour voir, jamais plus tu ne remettras les pieds ici.

Et Moisan, continuant le jeu, à l'adresse de Mary :

— Vous avez vu inspecteur, chantage caractérisé !

Il la guida jusqu'à une table libre :

— Venez donc vous asseoir.

Le patron torcha le dessus de lamifié d'une main preste et servit à Moisan la consommation qu'il n'avait pas eu besoin de commander.

— Et pour madame ?

— Un demi, dit Mary, sentant bien que ce n'était pas un lieu où commander du thé.

Moisan humait sa boisson d'une lippe gourmande :

— L'avantage, ici, c'est que je n'ai même pas besoin d'ouvrir la bouche pour être servi. Que ce soit Fernand ou Léone, le patron ou la patronne, ils savent ce qu'il me faut. Ils me charrient, mais c'est un jeu.

C'était bien ainsi que Mary l'avait compris.

Au bar, les conversations allaient bon train. Il y avait là une demi-douzaine de marins dans la trentaine dont les propos n'étaient guère réjouissants. A les entendre, la pêche était en train de crever, et les politiques laissaient faire allégrement.

Le patron apporta sa consommation à Mary. Elle souffla sur la mousse, but une gorgée, et reposa son verre sur le cercle de carton marqué des armoiries de la ville.

Puis, d'un coup de tête elle désigna les matelots qui lui tournaient le dos :

— Pas optimiste la marine !

— Avec quelques raisons, dit Moisan. Ils pêchent

de moins en moins, et les cours sont plus bas aujourd'hui qu'il y a dix ans.

— Comment cela se fait-il ? s'étonna-t-elle.

Moisan haussa les épaules et récita :

— Surexploitation des fonds, manque d'espèces nobles, importations massives des pays du tiers monde…

Il s'excusa :

— J'en oublie, bien sûr, mais après tout, vous ne faites pas une enquête sur les difficultés de la pêche.

— Non. Mais j'aime bien comprendre. La pêche est bien la principale industrie de Concarneau ?

— Oui, toute l'activité économique est tournée vers la mer.

— Mais alors… dit Mary.

— Alors, c'est un désastre. Vous avez vu cette ville ?

— Ben oui, dit Mary qui ne comprenait pas. C'est une ville quoi…

— C'est une ville sinistrée ! dit l'inspecteur Moisan avec vigueur. Passez dans la rue Alain Le Lay, qu'est-ce que vous voyez ?

Il n'attendit pas que Mary fasse une réponse :

— Des magasins fermés, des vitrines en berne, à vendre, à vendre. Dans l'artère la plus commerçante de la cité ! Voilà ce qu'est devenue notre ville, une ville A Vendre. Et il n'y a personne pour racheter. Au milieu du bassin, les chalutiers s'agglutinent. A Vendre, A Vendre eux aussi. Il reste deux usines et les ateliers de marée ferment les uns après les autres !

— Vous savez, dit Mary, c'est partout pareil, les choses évoluent…

Le vieux flic ne l'écoutait plus :

— Ah, si vous aviez connu Concarneau après la guerre ! Il y avait trente usines qui tournaient à plein, nuit et jour. Ici on débarquait de la sardine, du thon, de la langoustine à la pelle. Il y avait du travail pour tout le monde ! Quand on voit ce que c'est devenu !

Il considéra mélancoliquement son verre vide et beugla :

— Fernand !

Le patron s'approcha en traînant ses savates, la bouteille de Ricard à la main. Ayant servi Moisan, il interrogea Mary du regard. Celle-ci qui avait à peine avalé deux gorgées de bière refusa d'un sourire. Du fond de la salle venaient des exclamations. Tierce ! Dix de der ! Accompagnées du choc sourd des poings sur les tables.

Au bar, les conversations devenaient véhémentes. Il était question de comité de survie, de manifestations à venir à Quimper, à Paris, voire même à Bruxelles, ville d'où venaient tous leurs maux.

— Les esprits s'échauffent, dit Mary à son compagnon.

— Ouais, dit Moisan, la seule chose qui m'étonne, c'est que ça ne se soit pas produit plus tôt. Un de ces jours, ça va cogner, et croyez-moi, ce jour-là, ça va faire mal ! Vous vous rendez compte, il y a là des gars qui ont perçu un salaire négatif !

— Un quoi ?

— Un salaire négatif.

— Qu'est-ce que ça veut dire ?

Un des marins accoudés au bar, qui devait avoir suivi leur conversation se retourna vers Mary :

— Ça veut dire, ma petite dame, que moi, Jos Belleg, matelot au chalut depuis tantôt vingt ans, après quinze jours de mer, non seulement je n'ai pas touché de salaire, mais en plus, le patron était en droit de me réclamer cinq cents francs pour ce que j'ai mangé pendant la marée. Ça vous dit quelque chose ça ?

Il sortit une feuille de son porte-monnaie, la déplia et la lissa sur le comptoir, puis la tendit à Mary en posant son gros doigt sur le chiffre du bas de la page :

— Regardez ça, net à payer : MOINS 500 F.

Et il répéta en tapant du dos de la main sur le papier posé sur la table :

— MOINS 500 Francs !

Mary stupéfaite regarda alternativement le nommé Jos Belleg et l'inspecteur Moisan :

— Est-ce possible ?

Le marin éclata d'un rire amer :

— Si c'est possible ? Mais c'est courant par ici ma petite dame ! Demandez à tous ceux-là, demandez-leur si je mens !

Tout le bar s'était retourné vers Mary et les hommes hochaient la tête avec une conviction indignée :

— Trop vrai que c'est !

Et Jos Belleg, tout remonté :

— Je vais vous dire, moi les gars ce qu'il faudrait faire ! La prochaine fois que les politicards viennent par ici nous abreuver de bonnes paroles, on les embarque tous, députés, sénateurs, ministres, de gauche comme de droite, on les fout sur un chalutier et on fait une marée en mer d'Irlande avec ces beaux messieurs. Et quand on les ramène à terre, on leur dit : messieurs, vous devez cinq cents balles pour votre nourriture ! Là, peut-être qu'ils commenceraient à comprendre nos problèmes.

— Surtout, dit un autre marin, qu'ils auraient dégueulé pendant quinze jours !

Jos Belleg négligea l'interruption :

— Mais là, on s'y prend mal. La parlotte, c'est leur domaine, ils y sont passés maîtres. Si on entre dans ce jeu-là, on est foutu d'avance !

Ayant dit, Jos Belleg se retourna chagrin vers son verre de bière qu'il sécha d'une grande lampée, assoiffé probablement d'avoir tant parlé, tandis que ses compagnons approuvaient bruyamment.

Puis il remit sur sa tête son bonnet de laine et vint à la table où il s'appuya sur ses deux mains, deux pognes incroyables, épaisses, velues, couturées de cicatrices.

— Tu vois Loulou, dit-il à Moisan, t'as gueulé quand tes vieux t'ont fait rentrer chez les flics, eh bien, regarde comme t'es peinard maintenant : la paye tous les mois, pas grand chose à foutre, tous les soirs à la maison… Ah là là ! Sûr que tu n'es pas le plus malheureux ! Allez, je dérape ! Embarquement demain matin, avec la marée. Salut tout le monde !

Le bar se vida et Moisan commanda un troisième Pastis.

— Ils repartent quand même en mer ? demanda Mary.

— Que voulez-vous qu'ils fassent ? dit le patron en versant l'apéro. Savent rien faire d'autre que pêcher ces gaillards-là !

— Et puis, dit Moisan, ils espèrent toujours dans le coup de filet magique qui leur apportera la fortune.

— Vous semblez bien les connaître, dit Mary à Moisan.

— Et comment, dit Moisan, je suis des leurs. Je suis né ici.

Il montrait une grande photo de voilier sur le mur :

— Vous voyez ce bateau ? C'est celui de mon père. J'en ai fait des campagnes de thon pendant l'été !

Il fixa son verre et dit, rêveur :

Ah la belle vie ! Le départ en caravanes, traîné à trois ou quatre par un remorqueur, - on n'avait même pas de moteur - et puis le vent qui vient gonfler les voiles dans les parages des Glénan, le bateau qui se penche, qui gémit, les grands tangons qui s'écartent jusqu'à effleurer les vagues, et puis les oiseaux qui jouent sur l'eau, la matte de thons est là, ça sonne sur toutes les lignes... Il n'y a qu'à tirer dedans, du beau poisson qui bondit sur le pont comme un ressort d'acier. Et puis les escales... Yeu, Groix, Belle-Ile, Les

Sables d'Olonne… Ah là là ! Et ma mère qui ne rêvait que de me voir rentrer dans l'Administration…

Les mains dans la plonge, le patron saluait les matelots qui sortaient un à un :

— Salut Petit Louis, Salut François…

— Les ai-je enviés tous ceux-là, tous ceux qui prenaient la mer avec leurs bottes, leurs cirés, leur panier d'osier contenant le casse-croûte, quand moi je prenais le chemin du commissariat avec mon petit costar étriqué, ma petite cravate, ma petite serviette… Et voilà les rôles renversés ! Ce sont eux qui m'envient à présent, oh, non pour ce que je fais, mais pour mon salaire régulier en fin de mois.

Il vida son verre de Ricard et eut un petit rire amer. La patronne vint du fond de sa cuisine :

— Je te mets une assiette Loulou ? J'ai fait un ragoût de congre.

On l'apercevait dans l'entrebâillement de la porte, derrière le bar, tenant à la main une cuillère de bois qu'elle léchait avec gourmandise. La dernière table de joueurs de cartes levait le camp. Un petit vieux bien propre, aux moustaches blanches soigneusement taillées enfilait son pardessus.

— Hum, fit-il gourmand, du ragoût de congre ! Tu m'invites Léone ?

La patronne consulta la pendule Martini accrochée au mur entre deux photos et s'exclama :

— Mon pauvre Lanig, tu sais bien que si tu ne rentres pas en vitesse, dans cinq minutes ta vieille sera là à faire du reuz ! Ta soupe t'attend !

— La soupe à la grimace, maugréa le vieux en boutonnant son caban. Dommage, mais là où la chèvre est attachée il faut qu'elle broute.

Léone attendait, le bec de cane à la main, que tout le monde fut sorti. C'est en donnant le dernier tour de clé qu'elle s'avisa que Mary était encore dans la salle.

— Et la petite dame ? s'exclama-t-elle. Elle mange le ragoût de congre avec nous ?

Mary ne savait sur quel pied danser, alors Moisan prit la décision pour elle :

— Bien sûr, Léone, c'est mon invitée !

Et, se penchant sur Mary, à voix basse :

— Restez, vous allez goûter quelque chose, je ne vous dis que ça !

Il y avait une telle lueur de gourmandise dans les yeux de Moisan, que Mary se prit à sourire :

— Bien volontiers ! dit-elle.

Pour simplifier le service, la patronne avait dressé la table dans la cuisine et les assiettes reposaient à même la toile cirée. Mary retrouva dans cette cuisine un peu de l'atmosphère qu'elle avait entrevue chez madame Le Berre, à Lanriec. Comme à Lanriec, il y avait une toile cirée sur la table et une haute cafetière émaillée sur la cuisinière à gaz. Pour les clients Léone faisait du café machine, mais pour sa consommation personnelle, elle préférait la tradition. La batterie de casseroles était suspendue par la queue sous une étagère de bois blanc qui portait des assiettes et des verres au-dessus de l'évier, et quand Léone tirait de l'eau chaude, le vieux chauffe-eau ronflait comme une forge en secouant la tuyauterie.

— Connaissiez-vous, demanda Mary, un patron pêcheur qui s'appelait Le Berre et qui habitait Lanriec ? Son bateau a été perdu corps et biens en 88, près de Groix.

— J'pense bien, dit la patronne. Lucien Le Berre ! Lulu ! s'exclama-t-elle pour raviver les souvenirs de son mari.

— Ah oui… dit l'homme, le Gladiateur.

Et la femme :

— C'était le nom de son bateau. Il faisait toutes ses dépenses ici.

Mary interrogea Moisan du regard et celui-ci sourit.

— Il faut dire à Mademoiselle Lester ce que signifie faire ses dépenses, Léone. autrement elle ne comprendra rien.

— Autrefois, dit Léone en se concentrant, quand il n'y avait pas de banques, les équipages se regroupaient dans un bistrot comme celui-ci. Ils confiaient à la patronne tout leur argent, toutes leurs factures que celle-ci rangeait dans de grandes boîtes à biscuit. Lors des campagnes de thon ou de sardine, il y avait souvent beaucoup d'argent dans les boîtes. Les équipages se rassemblaient alors et on vidait les boîtes sur la table pour faire les comptes. Les marins appelaient ça "casser la caisse". On retirait les frais, puis la part du bateau, puis les parts des filets embarqués sur les bateaux…

— Les filets avaient leur part ? demanda Mary intriguée.

— Oui, les filets des morts. Il arrivait souvent qu'un homme fut perdu au cours d'une campagne de pêche. Comme il n'y avait à cette époque ni sécurité sociale, ni allocations familiales, la pauvre veuve, souvent pourvue d'une famille nombreuse, n'avait plus de revenus. Alors, par solidarité, l'équipage continuait d'embarquer les filets du défunt et à les faire pêcher. La veuve, elle avait ainsi un petit revenu, et en échange, elle entretenait les engins de pêche.

Mary hocha la tête :

— Je vois. Une sorte de sécurité sociale avant l'heure, basée sur la solidarité de la tribu.

Léone hocha la tête et poursuivit :

— Après l'équipage touchait ses sous. Jamais l'idée ne leur serait venue d'aller faire leurs dépenses ailleurs que chez leur hôtesse habituelle. Parfois, quand l'hiver avait été dur, c'est la patronne du bistrot qui avançait l'argent pour acheter la rogue et les appâts indispensables à démarrer une nouvelle campagne de pêche.

Léone posa sur la table une cocote de fonte au cul noirci et souleva triomphalement le couvercle :

— Sentez-moi ça !

C'était effectivement un fumet délicieux qui se dégageait de la marmite. Mary en eut l'eau à la bouche. Quand la fumée se fut dissipée, elle vit une grosse tête de poisson couchée sur un lit de pommes de terre et d'oignons qui la considérait de son œil mort.

— Plat unique, dit Léone. Là-dedans il y a de la soupe, des patates, du poisson. Que voulez-vous de plus ?

C'était réellement délicieux et Mary fit honneur à la cuisinière, mais soucieuse de ne pas oublier son enquête, elle revint sur Lucien Le Berre, le père du défunt Tibère.

— Vous savez qu'on a retrouvé le corps du fils de ce Le Berre non loin de chez vous hier matin ?

— Bien sûr qu'on le sait, dit Léone. Même que Fernand a été donner un coup de main à Bernard, le patron du "Petit Château" pour le sortir de l'eau.

— Ah ? dit Mary en se retournant vers le patron, plus sombre et plus taciturne que jamais. Racontez-moi ça, monsieur Fernand.

— C'est pas bien intéressant, dit Fernand maussade. J'étais allé au quai chercher un morceau de congre - il montrait la cocotte vide - que le Grand Louis de l'Izoar m'avait promis, et voilà que le "Petit Château" arrive pour sa première rotation. Je vais saluer Bernard et, juste à ce moment, on a vu le corps qui flottait.

— Et alors ?

— Ben alors Bernard l'a croché avec son baz-crog (1) et nous on l'a tiré sur la cale.

— Et puis ?

— Et puis les flics sont venus, et puis l'ambulance. L'était drôlement arrangé le Lulu ! On aurait dit que deux ou trois hélices lui avaient labouré la gueule !

(1) Sa gaffe.

Pour un peu je l'aurais pas reconnu.

Mary regarda l'inspecteur Moisan qui finissait son verre de rouge.

— Ça arrive souvent, dit celui-ci, que des cadavres soient abîmes par les hélices des bateaux.

— Ouais, dit Fernand, tu te rappelles Loulou, quand on a repêché l'Artilleur. Il était presque coupé en deux !

— Quelle horreur, dit Léone, vous n'avez vraiment rien de plus gai à nous raconter ? Il y a une jeune fille parmi nous que diable !

— Ma bonne Léone, cette jeune fille comme tu dis, est l'inspecteur Mary Lester, de la Police Nationale. Crois-moi, elle en a vu, et entendu d'autres. Et à Mary :

— L'Artilleur était un clochard qui, lui aussi, s'est noyé dans le port.

Léone desservait. Elle regarda Mary moitié avec pitié, moitié avec réprobation :

— C'est pas un métier pour une femme !

— Faut de tout pour faire un monde, dit Mary. Connaissiez-vous ce "Tibère" comme on l'appelle en ville ?

— Il est venu ici avec son père dit Léone, à l'époque où il naviguait avec lui. Mais ils ne s'entendaient pas. Le père Le Berre était dur, pour lui tous les jeunes étaient des fainéants.

— En ce qui concernait son fils, il n'avait pas tort, laissa tomber Moisan.

Mary se retourna vers lui :

— Vous le connaissiez donc ?

— Bien sûr. Ici tout le monde connaît tout le monde.

— Votre opinion ?

— Bof... Un jeune quoi... Un glandeur qui s'imaginait que pour avoir servi des whisky cokes dans un bateau transformé en boîte de nuit, il était quelqu'un. Ce genre de gazier, ça ne tarde pas à virer grignou.

— Remarque, dit Fernand, l'était bien sapé quand on l'a repêché.

— Qu'est-ce que tu entends par bien sapé ? demanda Moisan en se retournant vers le patron...

— Ben, pas comme d'habitude. Il avait un espèce de blouson de cuir quasiment tout neuf, un futal noir également en cuir et des bottes, tu sais, avec de la ferraille au bout et des talons qui rentrent...

— Des Santiags, dit Mary.

— Oui, c'est comme ça que ça s'appelle.

— Comment s'habillait-il d'ordinaire ?

— Il faisait dans le style marin-pêcheur d'avant-guerre, dit Moisan. Vareuse décolorée et rapiécée, pantalon de toile, casquette et sabots de bois. En été, avec certains touristes, ça marche.

La patronne avait entrepris de laver sa vaisselle sous le robinet de l'évier et un gros matou ronronnait en dégustant les restes dans la marmite. Fernand vida ce qui restait de pinard dans le verre de Moisan et déclara qu'il était temps qu'il "aille mettre ses yeux à dormir". Après avoir chaleureusement remercié ses hôtes, Mary sortit avec Moisan.

Au dehors, le trottoir était désert, les rues vides.

IV

La nuit était tombée, froide et humide, sur le quai de l'Aiguillon. Quelques voitures passaient, de loin en loin, éclaboussant de lumière la chaussée noire. On entendait le vent souffler dans les branches mortes des arbres de l'avenue. Quelques vitrines étaient encore illuminées et, dans les bars, on disposait les chaises sur les tables.

— On va s'en jeter un dernier ? demanda Moisan.

— Mais tout est fermé ! dit Mary.

— Non, le bar de l'As reste ouvert jusqu'à minuit. Peut-être même que chez Fine…

Il n'acheva pas sa phrase et ils continuèrent de marcher en silence au long de l'avenue déserte.

— Quand on pense, dit Moisan rêveur, à l'animation qu'il y a ici en été !

Ils longeaient un bâtiment qui faisait angle avec la place du marché. Grand hôtel, lut Mary sur la façade. Tout était clos, les volets étaient tirés et pas une lumière ne filtrait.

— C'est ici, dit l'inspecteur, que Simenon est descendu lorsqu'il a écrit "Le Chien Jaune". Avez-vous lu ce bouquin ?

— Je crois, dit Mary, il y a longtemps.

— Eh bien, dans le bouquin, c'est d'ici même que Maigret mène son enquête. Pour la circonstance, il a rebaptisé le grand hôtel "Hôtel de l'Amiral".

Au milieu de la place un lumignon brillait sur une vieille maison d'un étage, toute de guingois qui semblait s'appuyer sur sa voisine, plus jeune de quelques siècles. Moisan poussa la porte basse :

— Attention la tête, prévint-il, nous entrons ici dans le domaine des Korrigans.

La salle était sombre, à demi vide. Partout aux murs des masques de gnomes grimaçaient à la lumière tremblante de bougies.

— Ben dites donc, fit Mary impressionnée, où m'avez-vous emmenée, monsieur Moisan !

— Dans une des plus vieilles maisons de la ville. Ici souffle encore l'esprit du vieux Concarneau. Ailleurs… Ah, tout fout le camp !

— Ils s'installèrent sur les tabourets du bar et la patronne lâcha le verre qu'elle polissait pour les accueillir d'un sonore :

— Salut Loulou.

— Soir ma petit Fine, dit Moisan en l'embrassant comme du bon pain. Ça marche les affaires ?

— Pfff, fit Fine d'un air désabusé en montrant la salle déserte. Y'a plus de sous, mon pauvre mignon !

— Même pour la liche ?

— Même pour la liche, confirma la patronne en ajoutant : et quand, à Concarneau, il n'y a plus de sous pour la liche, c'est que ça va mal !

Sans même qu'il eût à commander, un verre à liqueur avait été posé devant Moisan.

— Calva ? demanda-t-elle.

Il acquiesça d'un mouvement de tête.

— Et toi mignonne, demanda Fine à Mary, qu'est-ce que tu auras ?

— Un café si c'est possible.

— Bien sûr que c'est possible !

Elle s'affaira autour de son percolateur. La sono donnait un succès des années 70. Pepito me corazon... Pepito me corazon...

Au bout du bar un buveur solitaire s'essayait à quelques pas de danse approximatifs.

— Il n'y a que des mignons et des mignonnes ici ? demanda Mary à mi-voix.

— Ouais. C'est la règle. Fine tutoie tout le monde et, si vous voulez être acceptée, vous ferez bien de lui rendre la pareille. La prochaine fois que vous viendrez ici, elle vous fera la bise. Cherchez pas à comprendre, le vrai Concarnois est comme ça.

Il héla la patronne qui arrivait avec le café demandé :

— Eh Fine, je te présente Mary Lester. C'est ma collègue... Lui fais pas de misères !

— T'inquiète pas mon Loulou, dit Fine, personne ne lui cherchera des poux ici !

Elle s'en retourna à l'autre bout du bar où le service l'appelait. Moisan but une gorgée de calva et dit à Mary :

— Vous voilà introduite dans le saint des saints : le ragoût de congre chez Léone et le coup de l'étrier chez Fine, vous démarrez fort votre première journée concarnoise !

— Monsieur Moisan… dit Mary,

L'inspecteur la regarda par-dessus son verre de calva.

— Comment se fait-il que, connaissant cette ville comme vous la connaissez, le commissaire Dumont ne vous ait pas confié cette enquête sur la mort de Tibère ?

— Bonne question, ricana Moisan. On pourrait même l'étendre : comment se fait-il que, depuis qu'il est commissaire à Concarneau, Dumont n'ait jamais confié d'enquête à Moisan ?

La voix se faisait pâteuse, les trois tournées d'apéritif, le litre de rouge à table et maintenant les calvados qu'il se faisait resservir commençaient à faire leur effet.

— Eh bien je vais vous le dire, jeune fille, parce que Moisan n'est pas un flic ! Moisan est un marin qui est tombé dans la police comme il serait tombé dans les P.T.T. ou à l'E.D.F.

Il ricana :

— En plus, Moisan est un ivrogne ! Sa femme s'est barrée, personne ne l'attend chez lui, il n'a plus qu'à se saouler la gueule !

Mary le contemplait, navrée, et quand la patronne vint vers eux, elle le regarda d'un air de reproche.

— T'as encore trop bu mon Loulou, dit-elle avec une sollicitude quasi maternelle.

Moisan vacillait sur son tabouret au point que Mary, qui craignait de le voir s'effondrer, fit mine de tendre le bras pour le retenir. Mais Fine prévint son geste :

— Laisse donc mignonne, on va s'en occuper.

Et comme Mary la regardait inquiète elle ajouta d'un air entendu :

— On a l'habitude.

L'attitude pleine d'indulgence pour les débordements de l'inspecteur Moisan prouvait que, en effet, Fine avait l'habitude. Mary poussa la porte de la taverne. L'horloge du beffroi, point lumineux dans la nuit, sonna onze coups. Un sale petit vent de Nordet sifflait dans les mâts métalliques des bateaux du port de plaisance, faisant claquer les haubans. Au Quai de l'Aiguillon, les vitrines s'étaient éteintes et seul le Bar de l'As, tout là bas au bout du quai, diffusait encore un peu de lumière.

Dans le ballet de quelques sacs de plastique oubliés sur la place du marché et que le vent faisait follement danser, elle regagna la petite Austin noire qui paraissait abandonnée sur l'immense parking désert.

Au Bar de l'As l'obscurité se fit et une grosse BMW grise démarra silencieusement.

☆

☆ ☆

Le lendemain matin, Mary se gara à cette place qui lui était maintenant habituelle, à égale distance du port de pêche et du commissariat. Le vent de nordet soufflait toujours et, à la cale, des bateaux débarquaient leur pêche.

Elle s'approcha, curieuse de voir ce que la marée de la nuit avait rapporté. Quelques caisses de plastique dans lesquelles des chats de mer se tordaient comme des serpents, quelques soles pleines de mucus qui tentaient en soubresauts dérisoires de regagner leur élément, des crabes tout couverts de mousse, trois rougets, quelques seiches crachant leur encre noire et divers autres poissons dont Mary ne connaissait pas le nom.

Un vieil homme s'approchait. N'était-ce pas celui qui était chez Léone hier au soir et qui aurait aimé s'inviter ? Il lui sembla que si. Il examina les caisses d'un œil critique et laissa tomber :

— Maigre le chien !

Puis il regarda Mary et lui dit d'un air entendu :

— Ce vent de nordet ne vaut rien pour la pêche !

Elle acquiesça poliment, n'ayant aucune connaissance de l'incidence des vents sur la pêche, mais le marin s'exclama d'un air dégoûté :

— Nordet ou pas nordet, y'a plus rien à foutre ! Regarde un peu ça Lannig, ça paie pas le gas-oil !

Il déposa ses caisses sur un chariot et partit pour présenter son poisson à la vente.

— Triste ! dit le vieux en le regardant s'éloigner

tout raide dans son ciré jaune, faire un métier comme ça et rien gagner du tout !

Venant du fond du port, un petit bateau se rapprochait de la cale. Quelques personnes s'étaient jointes au vieux pour attendre le passeur.

— Où va ce bateau ? demanda Mary.

— A Lanriec. C'est le passeur. Il traverse le bassin, et ainsi il évite aux gens d'avoir à faire le tour par le port de commerce.

Le "Petit Château" accostait à la cale qu'un petit ressac balayait. Le pilote qui en avait la charge devait connaître par cœur cette manœuvre qu'il répétait vingt fois par jour. Le bateau s'arrêta comme il fallait, le moteur battit en arrière à l'instant précis où c'était nécessaire et, avant qu'une des défenses composées de vieux pneus pendant à la lisse eût touché le quai, le matelot, sans hâte excessive avait sauté en voltige et maintenait le navire. Les passagers embarquaient posément en disant un mot au matelot. Mary prit place dans la file et monta à bord. Qu'est-ce qui la poussait à se payer une petite croisière en rade ? L'envie de faire un tour en bateau ? Non. Elle s'assit à l'intérieur de la cabine près du vieux monsieur que le marin avait appelé Lannig.

Pendant ce temps, d'autres petits bateaux accostaient à la cale, déchargeaient leurs caisses sur un chariot et les menaient au hall de vente. Les caisses étaient posées par terre et on voyait de face les mareyeurs s'agitant face à trois hommes en blouses blanches, les crieurs. Au gré du vent, une litanie de chiffres s'égrenait, puis on entendait dans un haut parleur les annonces : "Monsieur Le Coz aux services vétérinaires... La maison Le Doussal..." Puis une sirène se fit entendre et le vieux dit : "neuf heures, reprise de la vente". Les mareyeurs refluèrent dans un autre hall où d'autres caisses, par centaines, étaient exposées par terre.

— Il y a plusieurs ventes ? demanda Mary.

— Oui, dit le vieux, sous le petit hall, c'est la vente des côtiers.

— C'est-à-dire ?

Le vieux regarda Mary, éberlué devant tant d'ignorance.

— Je ne suis pas d'ici, s'excusa-t-elle.

— Ah, dit le vieux avec un sourire entendu : touriste ?

Il semblait penser que, sur cette terre, il n'y avait que deux catégories d'êtres humains : les Concarnois et les touristes.

Elle hocha la tête en souriant.

— Les côtiers, dit le vieux, ce sont les petits bateaux qui sortent à la journée. Ce sont eux qui ont le poisson le plus frais. Les autres, ceux qu'on va vendre maintenant, ce sont les hauturiers. Ils vont pêcher dans les mers du Nord, en Irlande, ou encore dans le Golfe de Gascogne. Leur poisson est conservé dans la glace.

Le "Petit-Château" traversait le bassin, longeait les murs de la Ville Close, embouquait le chenal menant à l'embarcadère de Lanriec, tout près de l'endroit où Mary avait garé sa voiture quand elle était venue chez madame Le Berre. Sur la grande place presque déserte, la grosse BMW immatriculée en Belgique stationnait.

Au fond de l'anse, il y avait un pont sur lequel on voyait passer de minuscules voitures. Et, tout au fond, un château curieusement peint en rose.

— Là, dit le vieux en montrant un bassin qui s'enfonçait sous le pont, il y a les thoniers océaniques.

— Ils sont énormes, dit Mary.

— Dans les soixante-dix mètres, dit le vieux tout fier de faire montre de sa science. Ils vont pêcher le thon aux Seychelles, à Dakar, dans le Pacifique.

— Si loin que ça ?

— Oui, et leur poisson est ramené à Concarneau par cargos frigorifiques.

Le "Petit Château" avait accosté à un escalier taillé à même le roc.

— Tout le monde descend ! fit le pilote avec entrain.

Une demi-douzaine de personnes attendaient leur tour d'embarquer. Le matelot regarda Mary :

— Vous ne descendez pas ?

— Non. Vous retournez à la cale ?

— Ben oui, dit le marin. Où voudriez-vous que j'aille ?

— Eh bien, je retourne avec vous.

— Alors, dit l'homme, vous me devez encore deux francs.

C'était le prix du passage.

Un petit chalutier entrait dans le port, suivi d'une nuée de goélands criards. Son sillage bouscula un peu le "Petit-Château" qui se mit à tanguer et les deux hommes sur le pont saluèrent le passeur. Mary s'était accrochée à la rambarde. Il y eut un long coup de sirène. A l'entrée du port, un gros cargo blanc avec une lisse verte annonçait son passage. Il était précédé par la vedette du pilote qui était allé le chercher en baie.

Le matelot du "Petit Château" pressa son monde :

— Dépêchons, dépêchons ! Si on attend encore, on va être bloqué pour une demi-heure !

Sur le quai, une grosse femme se hâtait, empêtrée de deux cabas de légumes :

— Allons bon, fit le matelot, voilà tante Jeanne !

Deux hommes s'empressèrent auprès de tante Jeanne qui haletait. Les cabas volèrent à bord, puis la grosse fut à moitié soulevée et déposée sur une banquette. Il était temps, le bateau pilote à la coque noire, au pont vert, à la cabine blanche, s'approchait en faisant donner sa sirène.

Le "Petit Château" décolla du quai dans un tourbillon d'eau brassée par son hélice. Il était temps, dit le pilote. Dans la cabine, la grosse femme s'épongeait le visage en s'exclamant dans un souffle :

— Ma Doué ! Ma Doué !

De nouveau le "Petit-Château" traversa le port et à nouveau Mary entendit la litanie des chiffres énoncés par le crieur, puis la voix venant du haut parleur : "On demande la maison Gonidec...". La voix ricochait contre les murs de béton de la halle : "La maison Gonidec...".

A nouveau le matelot du "Petit-Château" fit valoir sa science de l'accostage. Il tendit la main à Mary :

— Vous ne voulez pas faire un autre voyage ?

— Merci, dit-elle en riant. Mais on en a pour ses quatre francs !

Et comme il maintenait son bateau tandis qu'une nouvelle fournée de voyageurs montait à bord elle lui demanda :

— C'est vous qui avez trouvé le corps de Lucien Le Berre ?

— Ouais, fit-il en se rembrunissant. Il flottait là, parmi les saloperies. Je l'ai croché avec mon baz-crog et on m'a donné la main pour le tirer sur le quai.

Il ajouta :

— Il était mort depuis longtemps !

Mary regarda les eaux troubles du bassin. A l'angle du quai et de la cale, tous les immondices que peut contenir l'eau d'un port de pêche se rassemblaient : bouteilles vides, vieilles caisses, bottes abandonnées au gré des flots, planches, sacs plastique souillés de goudron, poissons morts. C'est dans ce triste bouillon irisé de mazout qu'avait fini Tibère.

Le "Petit-Château" avait entrepris une nouvelle traversée et en haut de la cale, "tante Jeanne" se hâtait lentement avec son chargement de légumes vers l'arrêt de bus. Elle allait, tous les passagers du "Petit-Château" en avaient été avisés, à Kerandon porter du ravitaillement à sa fille qui avait une phlébite.

☆
☆☆

Dans son bureau, Louis Moisan classait des dossiers, calmement, avec méthode ; selon son habitude, il avait laissé sa porte entrouverte. Mary entra.

— Je ne vous dérange pas ?

Il sourit.

— Pensez-vous !

Et, montrant les classeurs :

— Tout ça peut attendre !

— Le commissaire n'est pas là, dit Mary.

— Non, dit Moisan en montrant la fenêtre du doigt, il est là bas.

— Au port de plaisance ?

— Oui.

— Un nouveau noyé ?

Moisan se mit à rire.

— Non, son bateau. Le commissaire fait du bateau.

— Ah !

— Il a un dragon. Vous savez ce que c'est ?

— Non.

— Un bateau de régate, un joli bateau qui va très vite. C'est sa passion à notre bon commissaire. Il se l'est découverte il y a peu, mais il s'efforce de rattraper le temps perdu.

— Et vous, monsieur Moisan, vous en faites du bateau ?

— Plus guère. Une virée ou deux aux îles avec des copains pour ramasser des ormeaux aux grandes marées…

— Eh bien moi, dit Mary, je viens de m'offrir une croisière !

— Tiens donc, fit Moisan l'œil brillant. Jusqu'où ?

— Lanriec, aller retour. C'est très intéressant !

— Ah, vous avez fait connaissance avec le "Petit-Château".

Il regardait Mary en souriant.

— Vous avez donc questionné Bernard sur la découverte du corps de Tibère.

— Oui.

— Et vous n'en savez pas plus pour autant.

— Rien de plus. Sauf que j'ai appris la différence qu'il y a entre la pêche côtière et la pêche hauturière, et entre un chalutier "par l'arrière" et un thonier océanique.

— C'est toujours ça de pris !

— Mais ça ne me dit pas, monsieur Moisan, pourquoi on a torturé Tibère avant de le tuer. Vous n'auriez pas une petite idée sur la question ?

— Pas la moindre, dit Moisan catégorique. Je ne vois pas qui, dans la région, aurait été capable d'une telle saloperie. Ici, mademoiselle Lester, on se bat assez volontiers, en particulier le samedi soir. On prend une bonne cuite, on se fout une bonne peignée et basta ! On n'en parle plus.

— Donc, dit Mary, si ce n'est pas quelqu'un d'ici, c'est quelqu'un d'ailleurs.

— On ne saurait mieux dire, fit Moisan ironique.

Il la considéra en souriant :

— Reste à savoir qui.

V

Quand Bernadette Le Berre avait annoncé à Mary que Nicolas Le Maout habitait une belle villa sur la dune à Trégunc, elle avait quelque peu enjolivé la situation. Nicolas Le Maout habitait certes à Trégunc, non loin de la mer, mais c'était dans un lotissement et la belle villa imaginée par la mère de feu Tibère était une maison ordinaire comme les dizaines d'autres qui l'entouraient.

Une maigre haie tentait de pousser derrière un grillage mal tendu et, au bout du bâtiment, deux maçons adjoignaient un garage à la bâtisse. Pour le moment, ils en étaient aux enduits et talochaient allégrement le ciment frais à grands gestes réguliers.

Mary s'approcha d'eux :

— Pardon messieurs, je cherche Nicolas Le Maout.

— C'est pas ici que vous risquez de le trouver !

Les deux hommes la considéraient du haut de leur échafaudage. C'était le plus petit d'entre eux qui avait répondu. Il avait une casquette sur l'oreille et un mégot au coin des lèvres.

— Il n'est pas là ?

— Non, à cette heure il doit être du côté de l'Irlande.

— Ah, dit Mary, il est en mer ?

— Oui, dit l'homme, jusqu'à mercredi.

— Et madame Le Maout ?

— Elle est partie chercher les gosses à l'école.

Il consulta sa montre :

— Elle ne devrait pas tarder.

Mary remercia et retourna attendre dans sa voiture. La maison du patron de l'Atalante était toute de plain-pied. On voyait deux lucarnes dans le toit d'ardoise, peut-être y avait-il des chambres sous les combles. A part les deux maçons, le quartier était désert.

Quelques voitures se succédèrent dans la rue et Mary en consultant sa montre vit qu'il était cinq heures passées. Enfin, une Mercedes vert olive d'un modèle ancien, aux bas de porte bouffés par la rouille vint s'arrêter devant la maison de Nicolas Le Maout et une jeune femme en sortit. Elle ouvrit la porte arrière et deux enfants bondirent sur la chaussée. Mary attendit qu'elle eût ouvert la porte de la maison et fait entrer les petits pour sortir de l'Austin.

Comme elle s'approchait de la maison, la femme en ressortait.

— Madame Le Maout ?

La jeune femme la considérait avec méfiance. Mary se présenta :

— Inspecteur Mary Lester.

— La police ? dit-elle en se rembrunissant. Qu'est-ce…

Mary s'empressa de la rassurer :

— Ne vous inquiétez pas. C'est pour une formalité.

— Ah, dit la jeune femme en ouvrant le coffre de sa voiture d'où elle sortit deux sacs à provisions.

— Je peux vous aider ? demanda Mary en lui prenant un sac des mains.

Après un bref instant d'hésitation, la femme acquiesça et Mary la suivit dans la maison. Sans perdre un instant, les deux enfants s'étaient installés devant la télévision et on entendait les glapissements d'un dessin animé. La femme posa son sac sur la table et s'en fut baisser le son, au grand dam des gosses qui voulaient en avoir pour leur argent. Puis elle revint dans la cuisine. Mary remarqua que, décidément, elle était toujours reçue dans les cuisines. Mais cette cuisine-ci était résolument plus moderne que les deux dernières qu'elle avait visitées. Elle venait probablement de chez un de ces "spécialistes" dont les enseignes fleurissent aux carrefours des voies express.

— C'est pourquoi ? demanda Maryvonne Le Maout.

Elle n'avait guère plus d'une trentaine d'années mais déjà les soucis marquaient son visage. La présence de Mary n'annonçait-elle pas de nouveaux ennuis ?

— J'enquête, dit Mary, sur la mort de Lucien Le Berre.

— Ah, Tibère…

— Vous le connaissiez ?

— Comme ça. C'était un copain d'enfance de mon mari, mais ils ne se voyaient plus depuis longtemps.

— Ils ont navigué ensemble.

— Oui, au début que mon mari a eu son bateau.

— Pendant combien de temps ?

La jeune femme eut une moue, réfléchit en évaluant le temps et dit enfin :

— Oh, pas longtemps ! Une marée ou deux !

— Pas plus ? s'étonna Mary.

— Non !

— Ils ne s'entendaient pas ?

— Non. Tibère ne pouvait pas s'adapter à un travail continu. Dès qu'il était à terre, c'était la bordée. Une fois il a retardé le départ du bateau, mais avec Nicolas on ne fait pas deux fois ces choses là.

— Il l'a débarqué ?

— Ouais, à la marée suivante il a eu son compte et il a dégagé.

— Si je comprends bien, ils se sont quittés plutôt fraîchement.

— Plutôt, oui.

— Tibère lui en a voulu ?

— Oui.

Elle soupira :

— Après son passage sur l'Atalante, il n'a plus trouvé d'embarquement.

— C'est à cette époque qu'il a commencé à tomber dans la cloche ?

— Oui. C'était un type sans volonté. Sa seule chance de ne pas boire, c'était d'aller en mer avec un patron comme Nicolas. A terre, il y a trop d'occasions.

Et puis, ces boulots qu'il trouvait dans les boîtes de nuit, c'était pas fait pour l'arranger !

— Les maçons m'ont dit que votre mari était en mer.

— Oui.

— Quand rentrera-t-il ?

— Normalement, pour la vente de mercredi.

— Ça marche bien pour lui ?

Maryvonne Le Maout haussa les épaules :

— Quand il n'y a pas de pépins, on étale.

— Qu'entendez-vous par pépins ?

— Ben... Des accidents, des croches...

— Des quoi ? demanda Mary le front plissé.

— Des croches, quand le chalut reste accroché au fond sur une épave ou sur une roche. Ça coûte cher un chalut ! Tenez, il y a un mois, ils ont tapé une épave, cassé l'hélice. Un peu plus ils ne pouvaient pas rentrer. Il a fallu tirer le bateau sur le slip-way. Cinq jours qu'ils ont été arrêtés, avec une facture de vingt-deux mille francs.

— Mais qu'ont-ils heurté ? demanda Mary.

— C'était pendant la nuit, ils n'ont pas su. Un tronc d'arbre probable, ou un container.

— Donc, dit Mary, pour en revenir à Tibère, vous ne savez rien de plus ?

— Que voudriez-vous que je sache ? Je ne l'ai pas vu depuis quatre ou cinq ans...

Depuis la salle on entendait les enfants se disputer à propos du programme de télé et la femme partit les houspiller. Mary jeta un coup d'œil sur cette cuisine où on ne l'avait même pas priée de s'asseoir, s'arrêta un moment à un tableau accroché au mur où étaient punaisées des photos de famille.

Il n'y avait pas de renseignements utiles à trouver dans cette maison.

— Je vous laisse, dit-elle à la femme qui revenait.

Dans la rue, les maçons rinçaient pelles et truelles au jet d'eau.

Elle s'égara dans la rue Surcouf, puis dans la rue Duperré, avant que la rue Charcot ne lui permette de retrouver le chemin de Concarneau.

*
**

Le commissaire Dumont regardait par la fenêtre de son bureau d'un air ennuyé. Mary Lester relisait le papier qu'il venait de lui remettre. C'était le rapport d'autopsie de Tibère. Il y était mentionné une impressionnante énumération des sévices que la malheureuse victime avait subis avant de mourir.

— Il n'est pas mort noyé, dit Mary.

Le commissaire en convint comme à regret :

— Non, laissa-t-il tomber.

Il revint vers son fauteuil, abandonnant le mât de son dragon qu'il croyait avoir réussi à distinguer au milieu de tous les autres.

— Pas d'eau dans les poumons, dit encore Mary.

Et le commissaire, agacé :

— Je sais, j'ai lu !

Mary le sentait sur la défensive. Il s'en fichait bien, de la disparition de Tibère. Un clochard de plus, un clochard de moins... Mais un clochard tué aussi vilainement, il fallait faire quelque chose ! Quelque chose certes, mais quoi ?

Il regarda Mary de biais, puis se rassit lourdement en soupirant.

— Il faudrait savoir où on l'a arrangé comme ça, risqua Mary timidement.

— Ouais, dit Dumont.

Elle laissa passer un temps de silence, puis risqua de nouveau :

— On n'a pas pu lui faire tout ça sans qu'il gueule...

Dumont la regarda et eut un petit signe de tête comme pour dire "continuez".

— Vous ne voyez pas un endroit assez isolé pour que...

— Ce ne sont pas les endroits qui manquent, dit Dumont d'un ton las : usines à l'abandon, points isolés sur la côte, blockhaus, et j'en oublie certainement. Et puis, on a pu le bâillonner...

C'était une hypothèse envisageable. Mary fut sur le point de poser une question, mais il était probable que Dumont allait la trouver saugrenue et, visiblement, il n'était pas d'humeur à supporter les questions saugrenues. Moisan serait tout aussi à même d'y répondre. Elle décida de la lui réserver.

— Qu'est-ce que je fais patron ?

Dumont eut un geste évasif :

— Continuez de fouiller dans les relations de ce Tibère…

VI

Sous l'immense hall éclairé au néon, des caisses de poisson s'étalaient à perte de vue. Mary avait eu la bonne idée de se chausser de bottes, ici on pataugeait dans un mélange de mucus de poisson et de glace fondue, magma éminemment glissant et dont l'odeur ne passait pas inaperçue.

Dans le petit jour blême les silhouettes épaisses des femmes qui assuraient le tri du poisson s'activaient autour de tables de plastique jaune. C'était ce métier qu'avait autrefois pratiqué la mère de Lucien Le Berre. Il sembla à Mary que c'était là un travail terrible, une besogne de damnés. Et pourtant les plaisanteries fusaient, les éclats de rire aussi, la bonne humeur était générale. Les poissons étaient froids, salissants, les caisses étaient lourdes certes, et depuis le début de la nuit on était là, plantés devant ces tables qui se couvraient de poisson mêlé de glace à mesure qu'on les débarrassait. Mais on avait un emploi, on avait le moyen de gagner sa vie et de marcher dans la rue la tête haute. Voilà, par delà la fatigue et le froid, ce que disaient les regards fiers de ces femmes.

Leurs mères, leurs grands-mères avaient été sardinières dans les usines, au temps où les usines foisonnaient à Concarneau. Maintenant on triait le poisson. On n'était plus accablé par la chaleur des étuves, mais saisi par le froid de la glace. Qu'importe, il y avait toujours du poisson à Concarneau. Donc il y avait toujours de l'espoir.

Des petits tracteurs passaient, traînant derrière eux d'impressionnants convois de chariots tantôt vides, tantôt chargés de caisses pleines de poissons divers. Ils se faufilaient dans un brinquebalement de ferrailles entre les piliers de soutènement du hall à marée avec une précision et une vitesse étonnantes.

Dans le haut de la criée, les crieurs en blouses blanches, le micro devant la bouche égrenaient une mystérieuse complainte dont seuls les initiés saisissaient le sens. Ces initiés leur faisaient face et de temps en temps on voyait un doigt, une main qui se levait, une tête qui s'agitait en cadence, un œil qui clignait avec une belle régularité.

Le crieur connaissait tous ces signes mystérieux. Chacun de ces tics était un message, chaque clin d'œil valait cinq cent francs, montant de l'enchère. Par moment il glapissait :

— A onze cent mille vous êtes deux ! A toi Comptoir !

Un acheteur vis à vis de lui criait :

— Rouge !

Il secouait alors une sorte de hochet et il en tombait une boule.

— Rouge ! disait le crieur. Onze cent mille, Comptoir de l'Océan !

Près de lui ses assesseurs notaient fébrilement, posaient des bandes de papier sur les caisses tandis qu'il passait à la rangée suivante :

— A suivre, dix caisses de lotte moyenne, dix caisses de lotte moyenne, seize mille, quinze mille, quatorze mille... Qui dit quatorze mille ? Ici quatorze mille, quatorze mille cinq, quinze mille, quinze mille cinq...

Le feu des enchères descendait, remontait, enchères dont dépendait le salaire de ces marins qui, derrière le crieur, suivaient l'évolution des cours le visage tendu. Le salaire de quinze jours de pêche se jouait là, en quelques instants.

On entendait, dans les micros, une voix féminine qui s'essayait aux accents d'aéroport : La maison Le Doussal, Concarneau Marée, la Maison du Poisson...

Les mareyeurs ainsi nommés lâchaient un instant la vente et filaient vers les téléphones muraux protégés par une caisse d'insonorisation. Sur les murs jaunes de la criée s'étalaient en vilaine peinture marron les raisons sociales des mareyeurs. Pêcherie des Glénan, Comptoir de la Marée, Le Coz frères... Autant d'entreprises de conditionnement et d'expédition du poisson.

Par les portes ouvertes on voyait les ouvrières au travail, filetant, décapitant, triant, lavant, rangeant dans des caisses de polyester blanches. Partout régnait une activité de ruche.

Sous un autre hall, d'énormes camions frigorifiques recevaient leurs chargements tandis que les poissonniers chargeaient à la hâte de petites camionnettes bleues et blanches pour approvisionner leurs magasins situés parfois à plusieurs heures de route.

Partout on se hâtait, les routiers parce qu'ils avaient des centaines de kilomètres à faire et qu'ils étaient tenus à un horaire impératif. L'heure, l'heure était l'obsession de tous. Un quart d'heure de retard suffisait parfois pour faire refuser toute la cargaison d'un camion, possibilité dont les directeurs d'hypermarchés ne se privaient pas d'user, sachant bien que de toute façon, cette marchandise leur reviendrait à la moitié, voire au quart de sa valeur.

Le poste de vente avait maintenant atteint le milieu de la criée ; la longue litanie des chiffres continuait de s'égrener.

Mary s'était faite toute petite derrière un gros pilier rond, près d'un énorme robinet de bronze vert de gris qui suintait. Les manutentionnaires débarrassaient la halle des caisses vendues en les chargeant sur les petits trains et ahanant sous l'effort, devaient parfois se mettre à deux ou trois pour haler, arc-boutés à leurs crochets de fer, un pocheteau, sorte de raie géante dont les grandes ailes traînaient à terre exsudant un mucus visqueux. Sur le carreau libéré, des hommes capelés dans de grands cirés jaunes passaient la lance à eau, énorme serpent vert qu'ils avaient du mal à maîtriser tant la pression était forte.

Un docker vint la prévenir :

— Restez pas là ma petite dame, sans ça vous allez avoir droit à la douche gratuite.

Ce n'était pas le moment. Elle revint vers la cale de débarquement des côtiers, qu'on appelait ici - Moisan le lui avait appris - la cale aux voleurs. Par petits groupes des marins discutaient, feuilles de criée en main, se montrant des colonnes de chiffres d'un air mécontent. Puis ils se dirigèrent vers le Café du Port.

Mary les suivit de loin. Il y avait parmi eux l'équipage de l'Atalante, rentré la veille et qui venait de vendre sa pêche, 250 caisses de divers, elle l'avait lu, écrit à la craie sur le tableau noir à la criée.

Le groupe était aisément identifiable, Pierre Landrin, dit Petit Pierrot, le mécanicien, dépassait tous les autres d'une tête et demie. Nicolas Le Maout était un petit brun sec, l'air pas commode. Les deux autres, Louis Moing et Jean François Lours suivaient sans mot dire.

La porte du bistrot se referma sur eux, et Mary hésita à entrer. Elle souhaitait s'entretenir avec Nicolas Le Maout, mais en tête à tête, pas dans un bistrot, pas devant tout le monde. Elle fit mine de s'intéresser à la vitrine d'un photographe qui jouxtait celle du bistrot, ce qui lui permettait, de temps en temps, de jeter un coup d'œil sur ce qui se passait à l'intérieur.

Les quatre hommes s'étaient accoudés au comptoir et avaient commandé de la bière. Sur le trottoir les ménagères passaient, se hâtant vers le marché qui se tenait devant les halles. Mary s'aperçut qu'elle n'était pas seule à s'intéresser à l'équipage de l'Atalante quand elle vit un homme d'une quarantaine d'années aller et revenir devant la vitrine, avant de se décider à entrer. C'était un costaud au regard dur, noir de poil, portant un chapeau sombre et un imperméable clair. Il finit par pousser la porte et Mary le vit s'adresser à Nicolas Le Maout, puis le prendre par la manche et l'attirer dans le fond du bar.

La discussion entre les deux hommes fut de courte durée, Nicolas Le Maout repoussa assez vivement l'homme qui revint à la charge. Visiblement, il n'avait pas l'habitude d'être éconduit de la sorte. Irrité par son insistance, Le Maout le repoussa des deux mains. L'homme se mit en garde comme pour frapper, c'est alors que Petit Pierrot intervint dans la discussion : il saisit l'homme par le col et le souleva littéralement d'une seule main. Puis il le laissa retomber au sol sans le lâcher mais en le poussant vers la porte qu'il ouvrit de sa main libre. Il donna alors au bonhomme une formidable impulsion qui l'envoya rouler sur le trottoir aux pieds d'une petite vieille stupéfaite qui, de saisissement, en laissa choir son panier.

Le bel imperméable blanc de l'inconnu était maculé de boue, il se releva et jeta à Petit Pierrot qui fermait la porte un regard furieux qui en disait long sur son humeur. Puis il ramassa son chapeau qui avait roulé dans le caniveau, l'épousseta de la manche et après un dernier regard meurtrier vers le bistrot, s'en fut à grands pas. Mary le suivit des yeux. Il traversa la rue, sur le parking du port une grosse voiture gris métallisé semblait l'attendre. Il y monta et la BMW démarra immédiatement. Les vitres fumées empêchèrent Mary de voir le visage du conducteur, elle ne vit que la plaque d'immatriculation rouge et blanche et l'autocollant B qui indiquait sa nationalité.

Elle revint vers le Café du Port. Sur le seuil, les quatre hommes se séparaient. Puis la Mercedes de Maryvonne Le Maout s'approcha. La femme du patron de l'Atalante était au volant. Nicolas monta près d'elle et les deux autres hommes d'équipage s'installèrent à l'arrière.

Quand la voiture passa devant elle, Mary vit de tout près le visage du patron. Il avait l'air contrarié. Petit Pierrot lui remonta le boulevard et, arrivé devant le pont-levis, pénétra dans la ville close.

Mary le suivit à distance. Elle ne risquait pas de le perdre, avec une telle stature même dans une foule il se serait vu à cinquante pas. Ils passèrent sous la porte fortifiée, laissant à leur gauche le musée de la pêche puis, à droite, crêperies et boutiques de souvenirs qui, en cette saison, avaient toutes leurs rideaux tirés.

Les passants étaient rares, de temps en temps on croisait une connaissance de Petit Pierrot qu'il saluait, jovial. Enfin, après une petite place qui élargissait l'étroite rue, il tourna à droite et entra dans une maison basse aux pierres soigneusement jointoyées, aux fenêtres peintes en bleu.

Mary arriva avant qu'il n'eut refermé la porte :

— Monsieur Pierre Landrin ?

Le colosse qui avait dû se baisser pour passer sous la porte basse la regarda de ses grands yeux bleus, surpris :

— Ouais ?

Mary sortit sa carte :

— Inspecteur Lester, Mary Lester. Pourrais-je vous voir un moment ?

— C'est pourquoi ?

— J'aimerais mieux vous le dire à l'intérieur.

Et comme il hésitait :

— Rien de grave, n'ayez pas peur !

Petit Pierrot considéra la frêle silhouette de Mary du haut de ses deux mètres et dit goguenard :

— Mais je n'ai pas peur !

Il s'effaça pour la laisser passer.

— Entrez !

Il y avait des dalles de pierre au sol et, comme chez la veuve Le Berre à Lanriec, des cloisons de planches peintes en vert.

Une voix appela :

— C'est toi Pierrot ?

Il beugla :

— C'est moi, m'man !

Puis il dit à Mary, comme pour s'excuser d'avoir crié si fort :

— C'est ma mère, elle est un peu sourde.

Je parie, se dit Mary, que je vais avoir droit à la cuisine. Dans le couloir, deux portes se faisaient vis à vis avec, toujours comme chez la veuve le Berre, un escalier au fond, qui menait à l'étage.

Une porte s'ouvrit et une frêle petite vieille fit son apparition. Petit Pierrot se cassa en deux pour lui faire deux bises sonores. La petite vieille regardait Mary avec curiosité par-dessus ses lunettes en demi-lune et ses yeux vifs allaient de Petit Pierrot à la jeune fille :

— Qui c'est ?

Petit Pierrot eu l'air embarrassé :

— Une dame de l'Inscription Maritime, dit il à nouveau très fort.

— Ah, dit la vieille, elle vient pour ta pension ?

— Oui !

De savoir qu'on venait pour la pension sembla rassurer la vieille dame.

— Entrez donc, mademoiselle !

Gagné ! se dit Mary. On était dans la cuisine, mais pas comme à Lanriec dans une cuisine triste. Non. La cuisine de madame Landrin n'était certes pas plus moderne ni plus luxueuse que celle de madame Le Berre, mais on sentait que tout y était astiqué avec diligence. Sur la table protégée par l'inévitable toile cirée, il y avait un vase avec un bouquet d'hortensias secs, de jolis rideaux de dentelle blanche à la fenêtre et un vieux buffet breton soigneusement encaustiqué.

De plus, il y faisait bon.

— Vous prendrez bien un café, dit la vieille dame.

— Ma foi, dit Mary, ce n'est pas de refus.

Et à Petit Pierrot pendant que la maîtresse de maison (il semblait à Mary que jamais ce titre n'avait été plus mérité) s'activait devant sa cuisinière :

— Je fais une enquête sur la mort de Tibère.

Le colosse eut l'air stupéfait :

— Tibère ? s'exclama-t-il. Mais j'étais en mer quand il est mort !

— Oui, mais vous l'avez connu avant.

— Pfttt… fit Petit Pierrot, je l'ai connu, bien sûr que je l'ai connu ! Mais si vous devez interroger tous ceux qui sont dans ce cas, vous n'êtes pas de la classe ! C'est qu'il en connaissait du monde, Tibère !

Il fixait Mary de ses grands yeux candides, des yeux de gamin. Vu de près il paraissait beaucoup plus jeune que sa démarche pataude pouvait le laisser croire. Il avait des cheveux bruns, bouclés et sa barbe de trois jours ne parvenait pas à lui donner une mine patibulaire.

Mary fixa cette carrure impressionnante, puis la petite vieille qui s'activait comme une fourmi. Il était difficile de croire que cette carcasse de mammouth était sorti de ce corps de souris.

— Il a navigué avec vous, dit-elle enfin.

— Ouais, au début.

Il réfléchit et ajouta :

— Ça remonte déjà à cinq ans.

La petite vieille vint poser un bol devant Mary et elle demanda à son fils de sa voix aiguë :

— Dans cinq ans tu auras ta pension ?

— C'est ça, maman, dit-il gentiment.

La vieille opina avec satisfaction :

— Bien ! Bien !

Puis elle retourna à sa cafetière. Petit Pierrot fit un clin d'œil de connivence à Mary qui sourit.

— Quel âge avez-vous monsieur Landrin ?

— Quarante-trois ans.

— Vous êtes célibataire ?

— Oui.

— La pension, ce n'est pas pour tout de suite !

— Non, mais c'est à peu près le seul sujet de conversation de ma mère : elle est obsédée par les pensions, celle de mon père, celles que touchent ses belles-sœurs, et celle que je vais avoir. Moi, je ne suis pas pressé.

— Vous aimez ce que vous faites ?

— Ah oui !

C'était dit avec une telle conviction que Mary sourit, puis le regarda avec admiration :

— Ce n'est pourtant pas drôle tous les jours ! Quand je vois vos bateaux et quand je pense que vous passez des semaines là-dessus, dans le froid, dans l'humidité, en risquant votre peau, j'admire.

Petit Pierrot se mit à rire :

— J'aime mieux être admiré que plaint ! Parce que moi, mademoiselle, quand je vois vos bureaux, quand je pense que vous passez des mois là-dedans dans l'odeur de la paperasse, avec des connards à tous les étages, moi je vous plains !

Mary se mit à rire à son tour :

— Vu comme ça... Mais des connards, vous devez bien en avoir vous aussi.

— Pas à bord !

Il y eut un silence et Petit Pierrot poursuivit :

— Parce qu'à bord, les connards et les fainéants, ça fait une marée, pas deux ! Le patron, il ne tolère pas.

— Vous pensez à quelqu'un ?

— C'est vous qui en avez parlé. Tibère, le pauvre Tibère... Enfin, paix à ses cendres.

— C'était quoi d'après vous, un fainéant, un pauvre type ?

Petit Pierrot haussa ses formidables épaules :

— Un peu des deux. En tous cas, il n'était pas fait pour naviguer sur l'Atalante. Parce que sur l'Atalante, on gagne bien, mais on bosse dur.

— Vous gagnez bien, dit Mary. Pourtant depuis que je suis ici, je n'entends plus que parler de la crise de la pêche, des cours en baisse, de la raréfaction des prises...

Le front de Petit Pierrot se rembrunit :

— C'est vrai, ça n'est plus ce que c'était, reconnut-il, mais qu'importe, on s'en sort encore et tant qu'on s'en sortira, on ne restera pas à se tourner les pouces à terre.

Mary fixait, fascinée, les incroyables paluches du

bonhomme : des mains d'étrangleur couvertes de poils raides, à demi roux, aux ongles cassés, marqués encore sous les lunules par l'empreinte noirâtre du gas-oil.

La vieille dame versait le café d'une vieille cafetière émaillée, sœur jumelle de celle que Mary avait vue à Lanriec et au Café du Port. Petit Perrot suivit son regard :

— Vous admirez la grecque ? demanda-t-il.

— La quoi ?

— La grecque. La cafetière.

— Vous appelez ça une grecque ?

— Oui, je l'ai toujours entendu appeler ainsi. D'après mon père, ça viendrait du temps où les marins de Groix venaient vendre leur thon ici. Les grésillons, on les appelait les grecs, je ne sais trop pourquoi. C'est eux qui ont introduit ce type de cafetière ici.

— Le surnom est resté.

— Oui, et ma mère n'en veut pas d'autre. Je lui en ai acheté une moderne, toute électrique. Elle est là dans le placard, elle n'a jamais voulu s'en servir.

— Prenez du sucre, disait la vieille dame à Mary.

Et à son fils, en braillant :

— Qu'est-ce que tu dis Pierrot ?

Et Pierrot sur le même ton, trois octaves plus bas :

— J'ai ramené des soles pour la godaille.

— Encore des soles ? Il n'y avait pas de grondin gris ?

— Si, j'ai mis des grondins gris aussi.

— Ah bon, fit la vieille satisfaite.

Elle regarda Mary et se pencha pour lui dire sous le nez :

— C'est bon les grondins gris !

Mary regarda d'un air interrogatif Petit Pierrot qui rigolait franchement. L'enquête prenait un ton franchement surréaliste, mais ça n'était pas pour lui déplaire.

Et Petit Pierrot qui souriait encore dit mezza voce :

— Elle va garder les grondins gris pour elle et donner les soles au chat !

— Pour en revenir à Tibère, dit Mary, qu'est-ce que c'est que ce type que vous avez expulsé manu militari tout à l'heure de chez Léone ?

— Ah, vous avez vu ça ? dit Petit Pierrot légèrement embarrassé. Ce n'était rien, un rigolo que voulait emmerder Nicolas.

— Mais pourquoi ?

— Je ne sais pas !

— Vous devez bien savoir ce qu'ils se sont dit ?

— Ouais, le type est arrivé tout miel : "Monsieur Le Maout, je voudrais vous dire deux mots". Ils sont partis tous les deux dans la salle arrière et là, je ne sais pas ce qui s'est passé. Tout ce que je sais, c'est qu'à un moment Nicolas l'a repoussé et que l'autre est revenu à la charge. Alors je l'ai pris par la peau du cou et je l'ai foutu à la porte, voilà.

— Vous ne vous êtes pas posé plus de questions ?

— Non. Pourquoi, il fallait ?

Mary regardait le colosse avec un amusement admiratif.

— C'est formidable monsieur Laudrin, comme avec vous tout est simple. Pensez-vous que monsieur Le Maout soit rentré chez lui ?

— Probable. Ah, il est peut-être passé par le chantier pour régler sa réparation. Le mois dernier on a eu une avarie, on a tapé une épave et on a cassé une pale de l'hélice. Il a fallu monter le bateau sur le slipway pour réparer.

— C'est le seul incident que vous ayez eu au cours de cette marée ?

Petit Pierrot eut soudain l'air mal à l'aise :

— Pourquoi me demandez-vous ça ?

— Comme ça.

— Ben oui, il n'y a rien eu d'autre. On est rentrés à demi vitesse, c'est tout.

Mary se leva. La vieille dame nettoyait ses poissons dans l'évier et un gros matou ronronnait entre ses jambes. Petit Pierrot avait l'air ennuyé.

— Où habitent les deux autres membres de l'équipage ?

— A Kérandon, dans les HLM, là-haut.

Mary se leva.

— Ah, un mot encore monsieur Landrin, avez-vous le téléphone ?

— Non.

Et sans que Mary le lui ait demandé, il tenta de se justifier :

— Vous savez, je ne suis pas souvent là, et la mère, au téléphone, elle ne comprend rien. Elle en a même peur, rien à faire pour lui faire crocher dedans !

Sans plus s'occuper de Mary, la vieille gratouillait son poisson dans l'évier en chantonnant d'une voix cassée une chanson d'usine qui parlait de riches heureux et de pauvres en haillons.

— Au revoir madame, lui dit Mary en sortant.

Elle ne se retourna même pas, poursuivant sa tâche et sa chanson, l'esprit ailleurs.

Petit Pierrot montra ses oreilles en souriant :

— Elle n'entend rien.

Puis sur le pas de la porte il lui indiqua une cabine téléphonique à une cinquantaine de mètres de là. Mary s'y enferma et fit mine d'appeler un correspondant. Ayant attendu quelques instants elle sortit et s'en retourna. Quand elle fut hors de vue de la maison de Petit Pierrot, elle revint sur ses pas et s'enfonça dans une encoignure d'où elle pouvait surveiller la cabine.

Elle n'eut pas longtemps à attendre, Petit Pierrot inséra son immense carcasse dans l'édicule de verre et composa un numéro. La conversation fut brève. Mary le vit hocher deux ou trois fois la tête. Puis il raccrocha et rentra chez lui.

Mary retraversa la Ville Close et regagna sa voiture.

VII

La cité H.L.M. de Kerandon s'étageait sur les hauteurs de la ville. De là haut, la vue sur la baie et sur les îles était imprenable et magnifique. Mary n'avait aucune idée de l'endroit où habitaient Louis Moing et Jean François Lours. Elle savait simplement que c'était dans cette cité populaire où il y avait des centaines de logements.

Cependant, elle avait sa petite idée sur sa façon de les retrouver. Elle roulait au ralenti dans les rues, regardant les voitures en stationnement. Du diable, une Mercedes vert olive et bouffée par la rouille devait être visible ! Il y avait un gros quart d'heure qu'elle croisait dans les rues quand elle la vit arriver. Nicolas Le Maout, le visage plus soucieux que jamais tenait le volant. Il conduisait lentement et il y avait fort à parier que cet homme-là était plus à l'aise à la barre de son chalutier qu'au volant d'une voiture.

Il s'arrêta au pied d'un immeuble, descendit de son véhicule, regarda autour de lui et ferma sa portière à clé. Puis il monta au pas de charge les trois marches qui menaient à la porte vitrée du bâtiment B4.

Mary le suivit. Dans le couloir il y avait une batterie de boîtes aux lettres. Louis Moing habitait au troisième gauche. Elle escalada promptement les escaliers, mais si vite qu'elle eut fait, la porte s'était refermée sur Nicolas Le Maout quand elle arriva au troisième.

Des bruits de voix sourdaient à travers la porte et elle eut presque pu entendre la conversation qui s'y tenait. Mais elle redoutait d'être surprise l'oreille collée à la porte. Elle sonna.

La conversation s'arrêta aussitôt et elle n'entendit plus que les bruits de l'immeuble, pleurs d'enfants, aboiements lointains de chien, rumeurs de télévision envahissante.

Puis la porte fut ouverte par Louis Moing. Le matelot de l'Atalante s'était rasé et sa cicatrice ressortait, livide, sur son visage tanné. Il se tenait devant Mary, les bras ballants, stupide.

— C'est pourquoi ? finit-il par demander.

— Monsieur Louis Moing ? demanda Mary.

Il acquiesça :

— Oui.

Mary sortit sa carte :

— Inspecteur Mary Lester, police.

Louis Moing se tourna vers l'intérieur de son appartement, comme pour chercher du secours. Puis son regard revint vers Mary :

— Police ? répéta-t-il.

Et il ajouta stupidement :

— Ma femme n'est pas là !

Mary lui dit aimablement :

— Ça ne fait rien, c'est vous que je voulais voir.

— Mais... fit Louis Moing embarrassé, c'est que je ne suis pas seul !

Mary s'avança d'un pas, Louis Moing recula, comme s'il avait peur. En avançant la tête elle aperçut Nicolas Le Maout qui affectait de regarder par la fenêtre avec un grand intérêt.

— Ah, mais s'exclama-t-elle sur un ton enjoué, mais c'est monsieur Le Maout ! Voilà qui tombe bien, je comptais passer chez vous également. Ça m'évitera d'aller courir jusqu'à Trégunc !

De plus en plus embarrassé, Nicolas Le Maout lui fit face.

— Je ne vous dérange pas, au moins, dit Mary en s'adressant au patron de l'Atalante sur le même ton enjoué. Comme votre femme a dû vous le dire, je suis chargée de l'enquête sur la mort de votre copain Tibère.

— Mon copain, protesta Nicolas, et c'était la première fois que Mary entendait le son de sa voix, mon copain, c'est vite dit !

— Pourtant sa mère m'a dit que vous aviez été quasiment élevés ensemble !

— Ouais, dit Nicolas bougon, mais ça remonte à loin !

Louis Moing effaré regardait son patron aux prises avec cette frêle jeune fille et, bizarrement, ce Nicolas qu'il admirait tant, ce Nicolas qui, sur mer, ne craignait ni Dieu ni Diable, semblait dans l'embarras. Mary et lui se tenaient toujours dans l'entrée qui était fort exiguë, et Nicolas Le Maout dans le séjour. Trois mètres les séparaient et Louis Moing n'avait pas l'idée de faire entrer la jeune femme. Finalement, elle prit les choses en mains et s'avança dans la pièce en pensant, "tiens, cette fois ce n'est pas dans la cuisine que je suis reçue". Louis Moing la suivit et finit par avancer une chaise en balbutiant :

— Asseyez-vous donc.

Puis il bredouilla encore :

— Vous prendrez quelque chose ?

Mary lui répondit aimablement :

— Ne vous dérangez pas pour moi, monsieur Moing, faites comme chez vous. Cependant, si vous avez un grand verre d'eau fraîche, ce n'est pas de refus...

Et Nicolas Le Maout, comme pour montrer qu'il n'était pas intimidé commanda :

— Un Ricard, Louis !

Louis Moing disparut dans la cuisine avec une célérité qui prouvait bien qu'il aimait mieux être ailleurs qu'en présence d'un représentant de la police française. Mary resta donc en tête à tête avec Nicolas Le Maout. Le gaillard pouvait avoir une trentaine d'années, une belle gueule burinée, et ses yeux plus gris que bleus qui ne manquaient pas de charme. Sur son jean délavé, ses mains s'ouvraient et se fermaient alternativement. Nicolas Le Maout n'arrivait pas à cacher sa nervosité. Il n'avait pas bien sûr les paluches monstrueuses de Petit Pierrot, mais on sentait que c'était des mains habituées à souffrir dans le froid et l'humidité, des mains outils. Dans la cuisine on entendait s'entrechoquer les bouteilles, puis un verre explosa sur le carrelage.

— Merde, grogna Louis Moing.

Mary et Nicolas Le Maout se regardèrent et sourirent. Bizarrement, il sembla à Mary que cet incident contribuait à détendre une atmosphère trop lourde.

— Monsieur Moing, dit-elle, n'aurait pas fait un bon garçon de café.

— Ce n'est pas ce qu'on lui demande, dit Nicolas.

Il y eut un silence et il ajouta :

— Dans sa partie, croyez-moi, il en vaut bien d'autres.

— J'en suis persuadée, dit Mary, d'ailleurs, quelqu'un qui ne fait pas l'affaire ne reste pas longtemps à votre bord.

— Il n'y a pas de raison pour qu'il y reste ! Nous sommes à quatre sur un bateau où on devrait être sept ou huit. Celui qui ne fait pas sa part de boulot la laisse aux autres. Et les autres en ont bien assez à faire.

— Pourquoi naviguez-vous avec un effectif aussi réduit ? demanda Mary.

Nicolas Le Maout eut un bref ricanement :

— Pourquoi ? Pas par plaisir sûrement. Parce qu'on ne peut pas faire autrement ! Si on devait payer huit bonshommes sur un canot comme l'Atalante, vaudrait mieux rester à terre !

Les charges, le prix du gasoil, le poisson qui se faisait rare, la concurrence de l'importation...

Il débitait la litanie de ses griefs d'un ton amer.

Puis Louis Moing entra, portant les verres et la glace sur un plateau qu'il tenait gauchement à deux mains, concentré sur ce qu'il faisait au point qu'un petit bout de langue pointait entre ses lèvres. Il le posa avec d'infinies précautions sur la table et retourna chercher la bouteille de Ricard qu'il n'avait pas osé prendre sur le plateau par crainte sans doute, de la laisser choir. Puis il servit en silence. Mary but une grande gorgée d'eau après que Louis Moing eut vainement insisté pour y ajouter un trait de Ricard.

— Cependant, dit Mary quand le matelot eut fini son service, vous gagnez toujours bien votre vie.

Et comme Nicolas avait un geste de dénégation, elle ajouta :

— C'est du moins ce que m'a dit Pierre Landrin.

— Ah, dit Nicolas Le Maout, Petit Pierrot lui, il est toujours content ! Forcément, il vit chez sa mère, il n'a pas de loyer, pas de charges, pas de gosses, alors quand il a ses huit mille balles au bout du mois, il se trouve riche. Vous trouvez que c'est beaucoup vous huit mille balles pour faire ce métier ? Avec un certificat de motoriste de première classe ?

— On m'a dit, dit Mary, que certains marins au bout de quinze jours ne touchent rien, et que même, quelquefois, on leur réclame le prix de leur nourriture !

— C'est vrai, dit amèrement Nicolas, sur certains bateaux c'est la misère.

Il s'emporta remâchant ses griefs :

— Avec toutes ces importations, les cours baissent tous les jours ! Il est temps d'arrêter ça !

Mary aurait eu beau jeu de lui faire remarquer que, lui même, il avait acheté une voiture étrangère. Mais elle n'était pas là pour enfermer le patron de l'Atalante dans ses contradictions, du moins dans ses contradictions économiques.

— Pour en revenir à Tibère, dit-elle, quand l'avez-vous vu pour la dernière fois ?

— Je ne sais pas, dit Nicolas, je le voyais presque chaque fois que je revenais à terre. Il était toujours en train de glandouiller sur les quais.

— Il ne vous tapait pas ?

— Non. De temps en temps je lui donnais une godaille pour sa mère, et puis je lui payais un coup. Il n'avait jamais un radis.

— Il vous en a voulu de ne pas l'avoir gardé sur l'Atalante ?

— Au début oui, mais après…

— Après ?

— Après il s'est rendu compte que ce n'était pas un métier pour lui.

— Que voulez-vous dire ?

— Je veux dire qu'il avait pris l'habitude de se coucher tard, de se lever tard, de traîner dans les bistrots. Nous autres, quand on part, c'est pour huit, dix jours. Et pendant huit, dix jours, on travaille vingt-quatre heures sur vingt-quatre. On attrape quelques heures de sommeil de ci, de là, pour manger c'est la même chose, on prend ce qu'on peut, un morceau de pain, une boîte de conserve... La vie de château quoi !

C'était dit avec une ironie amère.

Louis Moing buvait son Ricard en silence. De temps en temps il hochait la tête, comme pour approuver son patron. Mary se retourna vers lui :

— Et vous monsieur Moing, vous connaissiez Tibère.

— Comme ça.

— Et vous pensez, comme monsieur Le Maout qu'il n'était pas fait pour ce métier ?

— Sûr ! dit Louis Moing sans se mouiller.

— Connaissiez-vous ses amis ?

— Non.

— Les deux hommes avaient répondu en même temps, catégoriquement. Mary les regarda, surprise, mais ne fit pas de commentaires.

— Ah, dit-elle en passant à autre chose, vers la mi-décembre vous avez eu une avarie.

— Ouais, dit Nicolas Le Maout, en traversant la Manche, on a tapé une épave.

— Comment cela s'est-il passé ?

Nicolas Le Maout la regarda avec étonnement :

— Comment ? Mais... J'étais à la barre, les trois autres dormaient. Il était trois heures du matin. La mer était formée, mais pas très grosse. J'ai senti un choc, et aussitôt après, tout le bateau s'est mis à vibrer. Petit Pierrot est monté voir, les deux autres ne se sont même pas réveillés. L'hélice en avait pris un coup, il y avait une pale de cassée.

— Alors ?

— Alors quoi ?

— Qu'avez-vous fait ?

— Ben, on est rentré à demi vitesse. On a mis une journée de plus et perdu dix mille francs sur la vente, sans compter les vingt mille de réparation et quatre jours d'immobilisation.

— Vous n'avez pas su ce que vous avez heurté ?

— Comment aurais-je pu voir quelque chose ? Il faisait nuit noire et puis si c'était un tronc d'arbre, comme c'est probable, il devait être entre deux eaux. Même de jour, je ne l'aurais pas vu.

— Ça arrive souvent, ce genre d'incident ?

— Trop souvent !

— Quand repartez-vous ?

— Demain matin à six heures.

— Déjà ?

— Eh oui, il n'y a pas de temps à perdre, le temps est "maniable" et on pêche un peu de langoustine.

— Bien, dit Mary, eh bien, je vais vous laisser. Je vous dis… Merde, c'est bien ce qu'on dit en pareil cas ?

Nicolas Le Maout eut un mince sourire :

— Je vois que vous connaissez les usages !

☆
☆ ☆

Elle regagna le commissariat et croisa le commissaire Dumont qui s'apprêtait à sortir.

— Rien de neuf inspecteur ?

— Non monsieur. Je cherche du côté des anciens amis de Tibère.

— Très bien, très bien... Tenez-moi au courant.

La lourde porte de fer claqua sur ses talons et Mary vit sa haute silhouette remonter le boulevard en direction du port de plaisance.

Elle monta alors d'un étage et frappa à la porte de Moisan.

— Le patron est sorti, dit-elle.

Il regarda sa montre et dit :

— C'est son heure. C'est l'heure du port de plaisance.

— Il va donc voir son bateau tous les soirs ?

Moisan hocha sa vieille tête de clown fatigué :

— Réglé comme du papier à musique.

Et il ajouta sur le ton de la confidence :

— Il a ses copains là-bas, ils se retrouvent sur la vedette de Saimpol.

— Saimpol ?

— Ouais, les salaisons Saimpol. Une grosse affaire.

Mary hocha la tête :

— Une grosse affaire, une grosse vedette !

— Oui, dit Moisan. Un véritable appartement flottant. C'est pas le commissaire qu'on verrait boire le coup chez Fine ! Enfin, chacun son vice n'est-ce pas ?

Il regarda Mary en riant :

— Alors inspecteur, qui est-ce qui a tué Tibère ?

— Mon bon Moisan, dit-elle en soupirant, je n'en sais rien.

Moisan la regarda avec sympathie :

— C'est décourageant n'est-ce pas ?

— Non, dit Mary, je ne suis pas découragée, mais ça n'avance pas aussi rapidement que je le souhaiterais. Tiens, je voulais vous demander quelque chose, à vous qui êtes un vieux Concarnois. Y a-t-il beaucoup de touristes étrangers à Concarneau hors saison ?

— Ma foi dit Moisan embarrassé, c'est plutôt à l'office du tourisme qu'il faudrait poser la question. Je pense qu'il doit bien en avoir quelques uns pendant les petites vacances, mais à vrai dire, je n'en sais rien.

Il regarda Mary intrigué :

— Pourquoi me demandez-vous ça ?

— Parce que ça fait plusieurs fois que je croise sur mon chemin une grosse BMW grise immatriculée en Belgique.

— Et alors, qu'est-ce qui vous surprend là dedans ?

— Je trouve ça bizarre…

Moisan la regarda, étonné :

— Bizarre ? Pourquoi ?

— Venir de Belgique faire du tourisme en cette saison !

— Mais, inspecteur, on ne vient pas à Concarneau uniquement pour des raisons touristiques. On y vient aussi pour affaires. Il y a des représentants, des agents commerciaux, des industriels, des fournisseurs de matériels divers…

— Ouais… dit Mary. Vous avez probablement raison…

Elle fit quelques pas dans le bureau, s'en fut regarder par la fenêtre puis se retourna vers Moisan en souriant :

—… Mais quand on n'a rien où se raccrocher, parfois on se fait des idées.

Moisan se leva :

— Je vous offre un verre chez Léone ?

— Pas ce soir, Moisan, il faut que je rentre à Quimper. Je serai là demain matin de bonne heure.

☆
☆☆

Mary remonta dans sa petite Austin, enclencha une cassette de Mozart et boucla sa ceinture. Vingt-cinq kilomètres à parcourir pour retrouver son petit appartement et se sortir un peu la tête de cet écheveau dont elle n'arrivait pas à attraper le bout. En compagnie de Mozart, un plaisir !

Comme elle s'engageait sur le boulevard, une grosse voiture grise déboucha de sa droite et fila vers la mer. Elle embraya à sa suite. Plus question de rentrer chez elle, elle se mit à suivre la BMW belge.

La grosse berline roulait sagement vers un quartier résidentiel en suivant le boulevard Catherine Willie au long de la mer. Le vent soufflait fort et un petit caseyeur qui rentrait plongeait dans les vagues en soulevant des nuages d'écume. De l'autre côté de la baie, posé au bout de la dune rase depuis que la tempête de 87 en avait abattu tous les arbres, on apercevait le sémaphore de Beg-Meil.

Sur un gros rocher peint en blanc, à usage d'amer, quelques cormorans, les ailes en croix, séchaient leurs plumes. Plus loin, sur la plage des Sables Blancs, des gendarmes fouillaient les épaves rassemblées dans le haut de la grève, recherchant les détonateurs échappés d'un cargo au cours de la dernière tempête.

La grosse voiture entra dans un chemin privé menant aux luxueuses villas qui dominaient toute la baie et Mary trouva plus sage de s'arrêter sur un petit parking surplombant la plage. De là, un sentier côtier partait au long de la mer et rejoignait, après une agréable promenade, une petite grève curieusement nommée “grève des quatre sardines”.

En contrebas de la falaise, sur la plage des Sables Blancs couverte de goémons et de déchets divers apportés par la grande marée, les gendarmes continuaient leur travail de bénédictin.

Une pancarte blanche et rouge était placardée à l'entrée de la grève : Accès à la côte interdit - Explosifs.

Un petit vieux s'approchait, son chien en laisse. Il s'arrêta à côté de Mary :

— Si c'est pas malheureux de voir ça ! Même plus le droit d'aller à la grève !

— C'est dangereux ? demanda Mary.

— Je ne sais pas, dit le vieux avec humeur, en tous cas, c'est interdit. Je ne pourrais pas mettre de goémon sur mon jardin cette année !

Mary ne savait pas pourquoi il mettait du goémon sur son jardin, mais, de ne pouvoir le faire semblait le contrarier très fort.

Il poursuivit :

— Regardez-moi ce travail ! Demain, après demain ça continuera à débarquer !

Mary acquiesça poliment, ne sachant trop si ce vague "ça" désignait les gendarmes ou les détonateurs qu'ils recherchaient et le pépère poursuivit son chemin en maugréant. Puis elle s'engagea sur le chemin piétonnier qui longeait la falaise. Au bout de quatre ou cinq cents mètres, elle aperçut le capot de la grosse voiture grise. La BMW était arrêtée devant une villa cossue et le type que, le matin même, Petit Pierrot avait rudoyé sortait des provisions du coffre. En se retournant il vit Mary. Il se figea alors et la fixa puis il se retourna lentement et rentra dans la maison.

L'intensité de son regard avait été telle que Mary ressentit comme un malaise. Elle fit demi-tour à la hâte et s'en revint vers sa voiture. Le sentier était désert mais elle vit soudain une silhouette arriver en courant à l'entrée du parking et, comme elle se retournait, l'autre passager de la BMW qui, ayant sauté par dessus la clôture, lui coupait le passage.

Coincée, elle était coincée ! Le sentier était étroit, bordé du côté des maisons par une haie infranchissable et côté mer par une falaise escarpée. En contrebas les gendarmes avançaient en ligne, mais ils étaient bien loin. Les deux hommes, sûrs de leur fait, marchaient vers elle sans se presser.

Il ne restait qu'une issue : la falaise qui descendait jusqu'à la mer. Alors Mary entreprit de dévaler la pente escarpée en se retenant comme elle pouvait aux arbustes qui poussaient de ci de là. Les deux hommes se précipitèrent : trop tard, Mary avait pris pied sur la plage. A cinquante mètres d'elle, les gendarmes lui faisaient des signes. L'un d'eux quitta la ligne et vint à sa rencontre, la mine sévère :

— Eh bien mademoiselle, vous n'avez pas vu les pancartes ? Cette plage est interdite, c'est dangereux d'être là.

Mary voulut lui expliquer pourquoi elle était descendue, mais en regardant là-haut sur le sentier, elle ne vit plus personne. Alors elle s'excusa, dit qu'elle était descendu de quelques mètres depuis le sentier et qu'ensuite elle n'avait pas pu remonter. Le gendarme la raccompagna jusqu'à l'entrée du parking en lui disant qu'en cas de récidive, elle pourrait être redevable d'une amende de 75 francs. Elle remonta dans sa voiture sous son regard réprobateur, le salua d'un petit sourire et, en faisant sa marche arrière, elle eut le temps d'apercevoir, entre les branches dénudées de la haie d'aubépine, deux yeux méchants qui la fixaient.

Du coup, elle prit directement la direction de la voie express pour rentrer au plus vite à Quimper.

VIII

Le lendemain elle fut au commissariat avant le commissaire Dumont. Quand il arriva, il lui lança, désinvolte :

— Alors inspecteur, quoi de neuf ?

C'était dit d'un ton tellement je m'enfoutiste que Mary renonça à lui parler de ses découvertes de la veille, de ces curieux belges qui habitaient une belle villa sur la falaise et qui, elle l'avait bien senti, n'auraient pas hésité un instant à la balancer vingt mètres plus bas si elle n'avait eu le culot de descendre sur la plage par un chemin bien difficile. La présence des gendarmes avait été, en l'occurrence, providentielle.

Elle était sûre, si elle racontait ça à Dumont, qu'elle n'aurait droit qu'à un sourire de commisération, qu'on l'accuserait d'affabuler, d'avoir peur de son ombre, vous pensez, une femme ! Et qu'il ne manquerait pas d'en faire des gorges chaudes avec le commissaire Lebret. Elle ne pourrait même pas prendre ces braves gendarmes à témoin, ils n'avaient rien vu !

Alors elle répondit évasivement :

— Rien... Je vérifie quelques points autour du port.

— Bien, dit Dumont l'esprit ailleurs, vérifiez...

Moisan lui non plus n'était pas encore arrivé. Alors elle s'en fut vers le port, vers cette "cale aux voleurs" qu'elle commençait à si bien connaître.

Comme la veille, les côtiers débarquaient leur maigre pêche et on entendait la litanie monotone des chiffres égrenés par le crieur. Il y avait un local d'où sortaient des jets de vapeur. Elle s'approcha : c'était une gigantesque machine à laver où les caisses de criée passaient à la file devant des jets de vapeur bouillante sous pression. Les hommes qui la servaient étaient vêtus de cirés jaunes et ils évoluaient dans un épais brouillard tandis qu'on entendait des chuintements de tous côtés.

Du côté de la Ville Close, le remorqueur, bas sur l'eau, ceint sur tout son bordage d'une protection de vieux pneus, s'efforçait d'entraîner un navire dans un effroyable bouillonnement produit par ses puissantes hélices.

Depuis le quai, deux douaniers suivaient la manœuvre. Mary les aborda :

— Qu'est-ce qui se passe ?

— Un bateau qui s'est échoué.

— Mais dit-elle, c'est l'Atalante !

Le douanier la regarda avec curiosité :

— Oui. Vous le connaissez ?

Elle éluda la question :

— Je connais le patron.

— Nicolas Le Maout ? demanda le douanier.

— Oui.

— Eh bien, il doit être joliment furieux !

— Comment est-ce arrivé ?

Le douanier haussa les épaules et, d'un air de réprobation :

— Des imbéciles qui ont largué ses amarres.

— Ce ne serait pas plutôt…

Elle n'acheva pas sa phrase mais le douanier la regarda de nouveau :

— Que voulez-vous dire ? Qu'il aurait été mal amarré ? Sûrement pas ma petite dame. Il a fait sa glace et son avitaillement hier pour partir ce matin. C'est Petit Pierrot lui-même qui a saisi les amarres. Et tard le soir, Le Maout est revenu à bord pour s'assurer que rien ne clochait.

Puis il s'adressa à son collègue qui n'avait pas ouvert la bouche :

— Tu crois qu'ils vont réussir à le décoller ?

L'autre, qui jusque-là n'avait pas prononcé une parole eut une moue sceptique :

— Non, il est sur de la vase molle et, chargé comme il est, avec sa glace et son gazole… En plus la marée descend. Si tu veux mon avis, il est planté là jusqu'à la pleine mer.

— C'est à quelle heure la pleine mer ? demanda Mary.

— Six heures, dit le douanier. Une marée de 96. Là, il n'aura même pas besoin du remorqueur, il flottera tout seul.

— Vous croyez qu'il a eu des avaries ? demanda de nouveau Mary.

— Non, dit le douanier en se tournant pour allumer sa pipe, là où il est, c'est de la vase molle. Rien à craindre.

— Il pourra repartir ce soir ?

— Pourquoi pas ? Mais en général, les marins préfèrent partir le matin.

Il exhala un nuage de fumée :

— Il aura perdu vingt-quatre heures.

Dans le fond du port, le remorqueur avait renoncé à sortir l'Atalante de sa souille de vase. A l'avant du petit chalutier, une haute silhouette, indubitablement celle de Petit-Pierrot, larguait l'aussière qui avait servi à la tentative de remorquage. Un petit canot vint aborder le chalutier et les quatre hommes d'équipage s'installèrent à bord. Puis, à la godille, le canot revint au quai.

Mary se dirigea vers son point d'accostage mais quand elle vit le visage fermé de Nicolas Le Maout, elle préféra se tenir à l'écart : ce n'était pas le moment d'aller le déranger.

Les quatre hommes discutèrent un moment, puis la Mercedes vert olive conduite par Maryvonne Le Maout s'arrêta à leur hauteur. Comme la veille trois hommes s'y installèrent, les deux matelots derrière, le patron devant près de sa femme.

Petit Pierrot quant à lui reprit le chemin de la Ville Close.

Mary le suivit un moment, puis le héla :

— Monsieur Landrin !

Petit Pierrot s'arrêta, puis se retourna. Lui aussi avait le visage fermé mais quand il vit Mary, il esquissa un sourire.

Elle s'approcha :

— Monsieur Landrin, qu'est-ce qui se passe ?

— Vous voyez bien, dit le colosse avec humeur, nous voilà échoués !

— Comment cela se fait-il ?

— Des rigolos qui ont largué les amarres.

— Parce que vous croyez à une mauvaise plaisanterie ?

— Que voulez-vous que ce soit d'autre ?

Et comme Mary le regardait, sceptique :

— C'est déjà arrivé ! Des connards, en sortant de boîte qui viennent sur les chalutiers en partance pour piquer de la bouffe, de l'alcool, des cigarettes. Parce qu'il n'y a rien d'autre à faucher ! Il n'y a jamais de fric à bord, qu'est-ce qu'on en ferait ?

Et Mary de plus en plus sceptique :

— Et en prime ils larguent les amarres !

— Oui !

— Ben dites donc, il y a vraiment des malfaisants !

Petit Pierrot la regarda avec un demi sourire :

— Je ne vous le fais pas dire ! Que fait la police ?

Mary ignora le sarcasme :

— Et… Qu'a-t-on dérobé à bord ?

— Rien, dit Petit Pierrot avec regret. On a simplement largué les deux amarres et on a eu de la chance, il n'y avait pas de vent. Parce que s'il y avait eu du vent le bateau aurait pu aller se drosser sur le ponton et alors là, il y aurait eu de gros dégâts.

— Le bateau était-il bien amarré ?

Petit Pierrot eut un sursaut, comme s'il se sentait attaqué dans ce qu'il avait de plus cher : sa compétence et sa conscience professionnelle.

— Dites donc, j'y avais veillé moi-même ! Deux tours morts et deux demi clefs sur chaque aussière. Jamais des nœuds comme ça ne lâchent !

De tout son haut, il regardait Mary, indigné.

La marée descendait lentement et le chalutier prenait une gîte surprenante. Les mouettes se posaient sur le portique de l'Atalante en poussant leurs cris aigres. L'horloge du beffroi sonna dix heures.

— Il ne risque pas d'être endommagé ? demanda Mary en montrant le bateau.

— Non, dit Petit Pierrot. Il va s'enfoncer dans la vase et, ce soir, le flot le relèvera.

— Vous pourrez donc partir ce soir ?

— Non, demain matin, à six heures. Mais ce soir Nicolas couchera à bord.

— Et vous ?

Petit Pierrot eut un large sourire :

— Moi ? Chez ma maman !

IX

Ayant quitté Petit Pierrot, Mary n'eut même pas à reprendre sa voiture pour rejoindre le commissariat. Elle passa la porte et le gardien de service au standard téléphonique la salua d'un vague signe de tête.

Elle monta dans le bureau qui lui avait été affecté, ôta son duffle-coat et s'approcha de la fenêtre. Elle avait tout le port sous les yeux. Le nœud du drame était là. Le corps du malheureux Tibère avait été jeté à l'eau quelque part au long de ce quai, à cinquante mètres peut-être de l'endroit où était échoué l'Atalante. De cette fenêtre même où elle était, elle aurait pu assister à la scène.

Comment cela s'était-il passé ? Elle imaginait une nuit sans lune, le port simplement éclairé par quelques réverbères, les rues désertes, le vent sifflant dans les mâts métalliques des voiliers du port de plaisance. Une grosse voiture qui s'approche silencieusement de l'eau, qui vient en marche arrière au ras du quai. Deux silhouettes qui en descendent, un coffre qui s'ouvre, le choc sourd d'un poids jeté à la mer, quelques cercles concentriques dans l'eau noire et un corps, le corps de Tibère qui s'en va au gré des éléments. Pauvre Tibère, lui qui venait juste de s'acheter un beau blouson de cuir et des santiags à bouts métalliques !

Toute la nuit il flotte entre les petites barques mouillées au long du quai, poussé par le courant il passe sous les pilastres de pierre du pont-levis qui ne se lève plus et finit par échouer à l'aube dans l'angle de la cale aux voleurs, là où se ramassent tous les immondices du port.

Oui, c'était peut-être comme ça que ça s'était passé.

Elle s'assit derrière son bureau et entreprit de mettre noir sur blanc tous les éléments connus de cette affaire. Elle revit sa visite à la mère de Tibère, là-bas, à Lanriec et tout soudain elle se souvint d'une phrase que l'une des deux visiteuses de Bernadette Le Berre avait prononcée. Qu'avait-elle dit déjà ?

Elle prit son petit calepin, retrouva la phrase et se précipita dans le bureau de Moisan.

— Ah, Moisan, vous êtes là s'exclama-t-elle, je voulais vous demander quelque chose : parlez-vous le breton ?

Moisan la regardait d'un air goguenard derrière ses lunettes en demi-lune.

— Je ne le parle pas couramment, mais je le comprend. Qu'est-ce qui vous inquiète, Mary ?

Elle nota que, pour la première fois, on l'appelait par son prénom dans ce commissariat.

— Pouvez-vous me dire ce que signifie "chom péoch" ?

Et comment, dit Moisan réjouit. C'est une phrase que ma grand-mère me répétait à tout bout de champ car il parait qu'enfant, j'étais singulièrement bavard. Chom péoch'!

— Et ça signifie ? s'impatienta Mary.

— Taisez-vous !

— Vraiment, vous en êtes sûr ?

— Et comment ! Mais pourquoi me demandez-vous ça ?

— Parce que, l'autre jour, quand je suis allé interroger madame Le Berre, la mère de Tibère à Lanriec, il y avait chez elle deux bonnes femmes qui buvaient le café. J'ai eu l'impression de déranger.

— Ben dame, dit Moisan, la police dérange toujours. Vous devriez savoir ça, inspecteur. Elle n'est jamais là quand il faut et toujours quand il ne faut pas !

— Blague à part Moisan, j'ai demandé à voir madame Le Berre toute seule et alors ces deux bonnes femmes sont parties à regret, en me fusillant du regard. Et c'est en partant que l'une d'elles a lancé cette phrase : "chom peoch'". J'ai demandé ce que ça voulait dire et madame Le Berre m'a répondu que ça signifiait "à bientôt".

— Ah non, dit Moisan, "à bientôt" se dit "ar wesh all".

Et comme Mary le fixait il redit :

— Kenavo ar wesh all, au revoir, à bientôt. A part ça, la veuve ne vous a rien dit ?

— Pas grand chose. J'ai visité la chambre de son

fils et j'ai eu l'impression qu'elle venait d'être fouillée. Tout était sens dessus dessous. J'ai posé la question à la vieille et elle m'a répondu d'assez mauvaise grâce qu'en effet, deux copains de son fils étaient venus le matin même récupérer des affaires qu'ils lui avaient prêtées.

— Quelles affaires ?

— Elle n'a pas précisé, je crois bien qu'elle n'en savait rien.

— Et quels copains ?

— Je n'en sais pas plus non plus. Madame Le Berre prétend ne pas les connaître. Mais maintenant que j'ai le sens de la phrase, je ne sais pas si je ne vais pas retourner voir cette bonne veuve.

— Voulez-vous que je vous accompagne ?

— Vous avez le temps ?

Elle montrait les dossiers accumulés sur son bureau.

Il sourit :

— Tout ça peut attendre.

Dans le hall Moisan dit au planton :

— Si on me demande, je suis avec l'inspecteur Lester à Lanriec.

Et à Mary :

— Nous allons prendre la R21, comme ça, si Dumont me cherche, il pourra appeler la voiture.

Ils longèrent la criée, puis le bassin du port de commerce où le gros cargo blanc continuait de décharger des thons géants congelés qui fumaient en sortant du ventre du bateau. Une grue les hissait hors de la cale par demi-douzaine, dans un filet et les déposait dans des camions qui attendaient l'un derrière l'autre pour les transporter à l'entrepôt frigorifique. Ils s'arrêtèrent un moment pour regarder la manœuvre du slip-way qui sortait un gros chalutier tout rouillé de l'eau pour le livrer aux peintres, puis ils arrivèrent sur le grand parking où Moisan arrêta la voiture de police. Ils regagnèrent la petite rue à pied. La veuve Le Berre était sur le pas de sa porte, appuyée sur un balai elle s'entretenait avec un vieil homme qui tenait sous le bras une baguette de pain et un journal.

Quand elle vit Mary, elle se rembrunit. Le vieil homme s'en fut à petits pas les laissant seuls en tête à tête dans la ruelle.

— Bonjour madame Le Berre, dit Mary. Voici mon collègue, l'inspecteur Moisan.

La vieille hocha la tête sans mot dire. Puis, comme à regret, elle poussa sa porte et rentra chez elle. La cuisine était telle que Mary l'avait vue. Un rayon de soleil était parvenu à se faufiler dans la maison, réussissant presque à égayer le triste décor.

— Est-ce que les amis de votre fils sont revenus ? demanda Mary.

— Non, dit la vieille.

— Vous ne souvenez toujours pas de leurs noms ?

— Non, dit-elle encore.

Moisan intervint :

— Voyons, madame Le Berre, ici à Concarneau tout le monde se connaît ! Alors, ces types qui sont venus là, vous les avez déjà vus avec Tibère !

La vieille secouait sa grosse tête en signe de dénégation, ce qui faisait trembler ses bajoues.

— Je ne les avais jamais vus !

Et comme les deux inspecteurs la regardaient d'un air sceptique elle ajouta :

— Ce ne sont pas des gens d'ici.

— Que voulez-vous dire ?

— Ils avaient un drôle d'accent.

— Des étrangers ?

— Non, ils parlaient le français, mais avec un drôle d'accent.

— Vous pourriez les reconnaître ?

La vieille les regarda avec effroi :

— Oh non !

— Pourquoi ?

— Je les ai à peine vus ! Et puis…

— Et puis ?

Il fallait la presser, lui arracher les mots.

— Je ne suis pas physionomiste.

— Enfin, s'impatienta Moisan, vous avez bien vu s'ils étaient grands ou petits, maigres ou gros, bruns ou blonds…

— Ils étaient moyens, dit la vieille, et leurs cheveux, je ne les ai pas vus, ils avaient des chapeaux.

Moisan soupira, exaspéré et Mary demanda :

— Personne n'est revenu ici depuis ma visite ?

La vieille secoua la tête négativement sans mot dire.

— Ah, soupira Mary, on ne peut pas dire que vous nous aidez beaucoup, madame Le Berre. Je vous rappelle qu'il s'agit d'une enquête sur la mort de votre fils.

Le visage de la vieille femme s'était encore durci et elle avait un air buté. Elle soupira d'un air de dire : "je ne peux pas vous raconter ce que je ne sais pas !"

Mary et Moisan sortirent. La vieille tenait sa porte le visage blême, les yeux rouges, murée dans son silence. Mary fit une dernière tentative :

— Vous n'avez pas vu leur voiture non plus ?

Bernadette Le Berre se décida enfin à parler et, montrant la venelle :

— Ici on ne peut pas venir en voiture, dit-elle.

Puis elle ferma sa porte.

Dans la maison d'en face, Mary crut voir des rideaux bouger.

— Attends, dit-elle à Moisan. Et, s'apercevant qu'elle l'avait tutoyé elle se reprit : Oh ! Excusez-moi.

Moisan sourit :

— Tu peux y aller Mary, entre collègues...

Elle lui sourit à son tour :

— Tu as raison, Moisan, c'est plus facile comme ça !

— Que voulais-tu faire ?

— Sonner à cette porte, là.

Elle montrait la maison où elle avait cru voir bouger les rideaux. Elle ne sonna pas, car il n'y avait pas de sonnette, mais elle frappa d'une main ferme. Il y eut quelques instants d'attente, puis on entendit des pas traîner sur le pavement et une voix derrière la porte :

— Qu'est-ce que c'est ?

— Ouvrez, Police !

On entendit une voix qui marmonnait "Police ?" puis une clé tourna dans la serrure avec un bruit rouillé. Mary se retrouva en face d'une des deux femmes qui étaient chez la veuve Le Berre quand elle y était allée pour la première fois.

— Mais on se connaît, s'exclama-t-elle.

Et comme la femme la fixait sans complaisance :

— On s'est rencontré avant-hier chez madame Le Berre !

La porte s'ouvrit un peu plus grand, mais la femme la tenait toujours fermement, comme si elle avait peur qu'on entre de force chez elle.

— C'est pourquoi ? demanda-t-elle l'air mal commode.

— Avez-vous vu, ces temps-ci, une voiture étrangère dans le quartier ?

— Non, dit la femme la bouche en biais.

Puis elle claqua la porte et Mary entendit la clé tourner dans la serrure.

— Eh bien ça ! s'exclama-t-elle stupéfaite en se retournant vers Moisan, quelle gracieuse personne !

Moisan leva les épaules, l'air résigné :

— C'est ce qui s'appelle se faire jeter !

Le grand parking était vide. Seul le "Petit Château" en déversant de demi-heure en demi-heure ses quelques passagers créait une mini animation épisodique sur le terre-plein.

De temps en temps, portés par le vent, des lambeaux d'annonces parvenaient de la criée : "La maison Guillou Ziegler... Pierrot Calvar... La Maison du Poisson..."

Du port de plaisance on entendait des coups de marteau résonner sur les pontons.

Quand ils rejoignirent le commissariat, midi sonnait. L'Atalante était maintenant complètement à sec près des remparts et il avait pris une gîte surprenante.

— Je t'invite à déjeuner ? demanda Moisan.

Mary protesta :

— Ah non, cette fois, c'est mon tour !

Moisan fut catégorique :

— Chez Léone, c'est moi qui paye !

Il n'en voulut pas démordre.

Au Café du Port une dizaine de matelots se pressaient à l'apéritif. Les commentaires allaient bon train sur l'échouage de l'Atalante. Personne ne soupçonnait l'équipage d'avoir mal amarré le bateau, mais en revanche, l'indignation était unanime pour condamner les salopards qui s'étaient rendus coupables de cette mauvaise action. Il n'aurait certes pas fallu que l'auteur de ce méfait se trouvât au Café du Port ! Les gaillards qui étaient présents lui auraient assurément fait passer un mauvais quart d'heure.

Quelques tables étaient disposées dans l'arrière-salle, les couverts posés sur des nappes en papier. Mary et Moisan s'installèrent.

— Ce que je ne comprend pas, dit Mary, c'est que l'Atalante était au milieu d'une douzaine d'autres chalutiers, et que c'est le seul dont on ait largué les amarres. Tu peux m'expliquer ça, Moisan ?

— Non, à moins que ce ne soit le fait du hasard.

Mary le regarda avec réprobation :

— Tu crois vraiment à ce que tu dis ?

— Humph ! fit Moisan.

Puis fixant Mary :

— Qu'est-ce qu'il y a dans cette jolie petite tête ?

— Eh bien, je pense que l'Atalante n'a pas été choisi au hasard ! Je pense que c'est une sorte d'avertissement sans frais qui a été délivré à Nicolas Le Maout.

— Qu'est-ce qui te fait dire ça ?

Mary jouait avec une petite boule de mie de pain qu'elle triturait entre le pouce et l'index.

— Le matin même, à ce même endroit où nous sommes, Nicolas Le Maout a eu une altercation avec un type.

— Et alors, ça arrive souvent ! Le Maout ne passe pas pour avoir un caractère facile. Bon marin certes, mais tête de lard !

— Attends, dit Mary. Il a eu une altercation avec un type qui se déplace dans une grosse BMW immatriculée en Belgique.

Elle fixa Moisan dans les yeux :

— Ça éclaire ta lanterne ?

Moisan sourit :

— Et revoilà la BMW belge !

Il appela :

— Fernand !

Et Fernand par-dessus la double rangée de clients qui se pressaient à son comptoir beugla :

— Ç'que c'est ?

— Un Ricard !

Il consulta Mary du regard.

— Un jus de tomate, dit-elle.

— Et un jus de tomate, dit Moisan en faisant la grimace. Comment peut-on boire une pareille saloperie soupira-t-il ?

Fernand apporta les verres.

— Dis-moi Fernand, fit Moisan, Le Maout s'est pris de bec avec un type hier chez toi ?

— J'ai entendu dire ça, fit Fernand. Mais je n'étais pas là. C'est Léone qui m'en a parlé.

Du bar montaient les commandes :

— Deux demis, un Ricard, un Perroquet...

— Faut que j'y aille, dit Fernand, sinon ils vont tout casser !

Justement Léone apparaissait, la soupière à la main. Sans demander à ses clients ce qu'ils désiraient, elle passa de table en table en distribuant des louchées de bouillon.

— Quel est le menu ? demanda Mary.

— Pot-au-feu, dit laconiquement la grosse femme affairée.

Elle s'éloigna vers une autre table, la louche toujours à la main.

— Et si on n'aime pas ça ? demanda Mary à Moisan.

Il s'inquiéta :

— Tu n'aimes pas le pot-au-feu ?

Son ton indiquait qu'il tenait la chose pour inconcevable.

— Si, dit Mary. Mais supposons que je ne l'aime pas.

— Eh bien, dit Moisan rassuré, tu vas ailleurs.

Elle ironisa :

— Tout simplement !

— Tout simplement ! fit-il en écho

Il la regardait, ironique à son tour, puis il sentit qu'il devait une explication.

— La salle peut contenir trente personnes, dit-il. Le matin Fernand va faire le marché et Léone prépare trente repas, viande, poisson, volaille, en fonction de ce que le commissionnaire a rapporté. Ici c'est le plat unique, et on ne sait jamais ce qu'on va manger. Mais c'est toujours bon.

— Et quand elle n'a pas ses trente clients ? interrogea Mary.

— Je crois bien que ça n'est jamais arrivé. Tous les jours elle en refuse autant qu'elle en admet.

— Mais, dit Mary, pourquoi n'agrandit-elle pas ?

— Ah, dit Moisan, mais alors ça ne serait plus chez Léone ! Il faudrait un cuisinier, des serveuses. Il y aurait un menu affiché à la porte et on te ferait une addition. Ça serait comme ailleurs quoi. Ici il y a le patron, la patronne et les amis qui viennent manger.

C'est pas mieux comme ça ?

— Et on paye comment ? demanda Mary.

— En espèces, et à la fin du mois.

Et comme Mary le regardait, incrédule il ajouta :

— Comptabilité simplifié. Derrière le bar il y a une ardoise avec les noms. Un repas, un trait. Deux repas, une croix. Seules les consommations se payent comptant. Pas de chèque, pas de carte de crédit chez Léone. A la fin du mois elle te fait ton compte : une feuille de carnet sur laquelle est marqué le nombre de repas pris, multiplié par 35.

Il sourit de nouveau :

— 35 francs, c'est le prix du repas. Tu vois Mary, même si tu voulais payer, tu ne pourrais pas. Tu n'as pas de compte !

La salle s'était remplie de gens visiblement habitués à la maison. Les plaisanteries fusaient d'une table à l'autre.

— Il y a de l'ambiance, dit Mary.

— C'est comme ça tous les jours.

Moisan dégustait son apéritif à petites gorgées en répondant aux saluts qu'on lui adressait. Il y avait là des ouvriers du port, des mareyeurs, des employés de banque, des commerçants du centre. L'inspecteur connaissait tout le monde et plaisantait volontiers.

Un gros homme vint s'installer à une table voisine de la leur et Moisan dit tout haut, pour qu'il entende :

— Ça sent la poissecaille !

Le bonhomme se retourna :

— Ça sent le poulet !

En rigolant d'une voix grasse, il tendit une main épaisse :

— Salut Loulou !

— Salut Maurice. Comment vont les affaires ?

Le gros homme fit une grimace :

— C'est la misère ! On a beau casser les prix, on ne vend rien. En plus, les groupements d'achat payent à 90 jours alors que nous, à la criée, il nous faut régler cash. La misère, je te dis ! J'sais pas comment on va tenir !

— Ça ne te fait pas maigrir en tout cas, mon Maurice ! plaisanta Moisan. Tu ne changes pas, hein, toujours en train de pleurer !

— Ouais, dit le gros, rigole. J'échange ma boutique tout de suite contre ta retraite !

— D'accord, dit Moisan avec bonne humeur. Mais tu mets par-dessus ton compte en Suisse et ta villa du Cabellou !

— J'ten foutrais des comptes en Suisse, dit le gros en lançant sa serviette vers Moisan.

Moisan esquiva en rigolant. Puis il ramassa la serviette et la tendit au mareyeur qui riait aussi et, s'adressant à Mary :

— C'est Cordenet, un mareyeur. J'ai été à la communale avec lui. Il a gagné beaucoup d'argent, comme toute la filière de la pêche, mais maintenant les temps sont difficiles pour tout le monde.

Léone repassait avec sa soupière :

— T'en veux encore mon Loulou ?

— Une petite louche Léone.

— Et toi mignonne ?

— Eh, dit Mary, une petit louche aussi, madame Léone. Il est fameux votre pot-au-feu !

— Normal, dit la grosse femme en se rengorgeant, il n'y a que des bonnes choses dedans.

Moisan la prit par le poignet :

— Dis-moi Léone, il paraît que Le Maout a eu des mots hier matin avec un type chez toi ?

— Oui, dit la grosse en posant sa soupière vide sur la table. Un drôle de type, une tête de maquereau, et avec un accent ! On aurait dit Coluche quand il raconte une histoire belge. Il a pris Nicolas à part et ils sont venus dans l'arrière-salle. Et puis le ton est monté, l'homme s'est fait menaçant et Nicolas l'a repoussé. Il a alors levé la main pour frapper, mais Petit Pierrot l'a pris par le colback et l'a foutu dehors. Ah, il n'était pas fier le maquereau ! Il a roulé sur le trottoir !

— Et après ? demanda Moisan.

— Après ? dit Léone surprise. Mais c'est tout ! Il n'y a pas eu d'après. Les hommes ont payé leur pot et puis ils sont partis.

Elle reprit sa soupière :

— Faut que j'aille chercher la viande !

Mary regarda Moisan :

— Qu'est-ce que tu dis de ça ?

— Ben, on dirait bien en effet que c'est une histoire

Belge !

— Et je ne t'ai pas tout raconté, Moisan, hier soir, quand je suis sortie du commissariat, la grosse BMW est passée devant moi. Je l'ai suivie.

— Et alors ?

— Elle est montée jusqu'à une villa sur la falaise, devant la plage des Sables Blancs. Tu sais, il y a un sentier côtier qui fait le tour de la pointe.

— Oui.

— Je l'ai suivi le sentier à pied et j'ai vu la façade de la maison. La BMW était arrêtée, invisible de la route. Je suis restée regarder. Le type qui s'est fait malmener par Petit Pierrot est arrivé et a entrepris de décharger un cageot de provisions. C'est alors qu'il m'a vue. Il a dû me reconnaître car il m'a regardée d'une telle façon que j'en ai eu froid dans le dos. Sans mot dire, il est rentré dans la maison. Aussitôt j'ai fait demi-tour mais son équipier qu'il avait dû prévenir, venait à l'autre bout du chemin. J'étais coincée, toute seule sur le sentier, avec un de ces malfrats à chaque issue. J'ai eu une de ces trouilles ! Heureusement, il y avait des gendarmes qui ratissaient la plage, je suis descendue par la falaise.

— Tu es folle, dit Moisan, il y a cent fois de quoi se casser le cou !

— Je me le serais cassé bien plus sûrement s'ils m'avaient rattrapée. Car figure-toi que j'ai vraiment eu l'impression qu'ils voulaient me faire faire le grand plongeon.

Moisan la regardait, sceptique :

— Tu ne crois pas que tu te fais un cinéma ?

— Un cinéma ! dit Mary indignée. Je savais bien que personne ne me croirait !

Moisan la regardait avec indulgence.

— Bon, dit-il sur un ton conciliant. Et après ?

— Après je me suis fait sermonner par les gendarmes car l'accès de la plage est interdit. Il a même été question que j'aie une amende de 75 francs.

— Tu as raconté ça à Dumont ?

— Non. Je ne l'ai raconté à personne. D'ailleurs Dumont a l'air de s'en foutre complètement. Il me prend pour quantité négligeable, c'est sûr.

Moisan était redevenu grave :

— Si c'est vrai, Mary, il faut lui en parler.

— Comment si c'est vrai !

Indignée, elle fixa Moisan :

— Ah, si toi tu ne me crois pas, comment veux-tu que Dumont…

— Qu'est-ce qu'ils peuvent faire ici ? demanda Moisan.

Elle ironisa :

— Si ce n'est pas du tourisme, ce sont sûrement des hommes d'affaire…

☆

☆☆

Quand ils arrivèrent au commissariat, le commissaire Dumont n'était plus là. Il venait de partir pour une réunion à la préfecture à Quimper et ne reviendrait que le lendemain matin.

Moisan était perplexe :

— Qu'est-ce qu'on fait Mary ?

— Eh bien on y va, mon vieux Moisan.

Moisan hésitait :

— Sans ordres ?

— Comment sans ordres, dit Mary, c'est mon enquête. Je suis une spécialiste des clochards noyés, mon vieux Moisan. On m'a fait venir ici exprès pour ça. Alors...

— Il vaudrait peut-être mieux prendre deux gardiens, dit Moisan, parce que, franchement, pour la bagarre, je ne suis pas champion.

— Tu as raison Moisan. Pour la bagarre, je ne suis pas terrible non plus. Il aurait fallu aller chercher Petit Pierrot...

A défaut du colossal second de l'Atalante, Moisan réquisitionna deux hommes à la permanence, deux anciens CRS qui n'avaient pas vraiment des têtes d'enfants de chœur et Mary se sentit plus gaillarde que la veille pour aller débusquer les truands dans leur repaire.

De nouveau ils longèrent la corniche où les villas cossues faisaient face à la mer. Le soleil brillait et, sur l'eau verte, des petits voiliers régataient. Au fond de la baie on voyait la falaise et, derrière les hauts pins, la villa où la veille Mary avait failli subir un mauvais sort. Il n'y avait plus de gendarmes sur la grève, mais les pancartes d'interdiction d'accès au rivage étaient toujours là. Parvenue au sommet de la côte, la voiture s'engagea dans une allée bordée de pins de haute taille. La somptueuse villa était là, à une cinquantaine de mètres de l'entrée du lotissement, mais le haut portail de bois était fermé.

Moisan et Mary sortirent et cherchèrent une sonnette que l'on entendit tinter dans le lointain. Personne ne répondit. De l'autre côté de la route un homme brûlait des mauvaises herbes. Quand il vit Mary s'approcher de lui, il se redressa et dit avant qu'elle lui ait posé la moindre question :

— Y'a personne !

Et comme Mary s'arrêtait interdite :

— Ils sont partis ce matin de bonne heure.

— Une grosse BMW grise immatriculée en Belgique ?

— C'est ça, dit l'homme en s'appuyant sur sa fourche. Il y avait deux hommes et une femme. Ils ont embarqué leurs bagages et ils ont fermé la maison.

— Vous leur avez parlé ?

— Oui, quand ils sont arrivés. Ils ne trouvaient pas leur chemin. Ils devaient séjourner dans la villa d'un ami, un parisien qui ne vient là qu'en été. Ils avaient perdu l'adresse exacte…

— Et c'est vous qui la leur avez donnée.

— Ben oui. Ça ne pouvait être que celle-ci ou l'autre là-bas, avec un tennis. Ils m'ont dit que la leur n'avait pas de tennis.

Il se lança dans des explications :

— Celle-ci (il montrait la maison derrière lui) est à monsieur Belair, un médecin du Mans, l'autre à droite à madame Bonamy, la veuve d'un industriel de Nantes, celle de gauche...

Mary, qui ne tenait pas à savoir les noms de tous les propriétaires du lotissement lui coupa la parole :

— Ils avaient la clé ?

— Non, ils sont allés la chercher chez le notaire.

— Savez-vous le nom du propriétaire ?

— Un nommé Du Bonniec, dit l'homme, commerçant à Paris. Il n'y vient qu'au mois d'août.

Il tourna la tête car un tourbillon de fumée l'enveloppa un moment. Mary lui demanda :

— Vous habitez là ?

— Non dit l'homme, je suis jardinier, je fais l'entretien et le gardiennage pour plusieurs propriétaires. La plupart de ces maisons ne sont habitées qu'aux vacances.

— Merci, dit Mary.

Puis elle revint vers la voiture où Moisan et les deux gardiens attendaient.

— Les oiseaux se sont envolés, dit-elle.

— Que fait-on ? demanda Moisan.

Elle réfléchit, perplexe, regardant tour à tour Moisan qui, lui non plus ne savait trop quelle décision prendre et les deux agents qui s'en battaient l'œil. Elle décida :

— On rentre au commissariat.

L'empressement que Moisan mit à monter dans

la voiture lui fit comprendre qu'il approuvait totalement sa décision.

La voiture fit demi-tour dans une entrée de jardin sous le regard du brûleur de végétaux et redescendit vers la corniche. Le temps était gris mais clair, l'air doux. Au loin, sur l'horizon, on apercevait une sorte de galette sombre : les îles Glénan, puis, plus à droite, vers la pointe de Mousterlin, une autre île, plus petite, avec un phare : l'île aux Moutons. Mary avait à demi baissé sa vitre pour échapper à l'odeur de tabac qui imprégnait toute la voiture et une brise marine entrait par cette fenêtre, portant des odeurs de sel et de varech.

Le chauffeur roulait lentement, visiblement peu pressé de rentrer au bercail et Mary appréciait ce train de sénateur qui lui permettait de réfléchir. Quelque chose la tracassait : pourquoi rentrait-elle ainsi, sans avoir exploré la maison ? Mais parce que… Parce qu'elle n'avait pas de mandat… Parce qu'elle n'en avait pas référé à Dumont, parce que… Peut-être parce qu'elle était avec Moisan et que Moisan hein, mon Dieu, même s'il connaissait bien Concarneau, même s'il était bien gentil avec elle, ce n'était pas un foudre de guerre. Il l'avait dit lui-même, il faisait de la police comme ça, parce que sa mère avait rêvé de le voir avec un costume et une cravate, parce qu'elle n'avait pas voulu qu'il soit marin.

Elle eut soudain l'insupportable sentiment d'être en train de capituler en rase campagne.

— Stop ! cria-t-elle.

Surpris, le gardien se gara sur le bas côté de la route.

— Demi-tour, dit-elle, on retourne là bas !

— Mais… dit Moisan tandis que le gardien qui conduisait se retournait vers elle pour savoir si c'était une plaisanterie.

— Pas de mais, Moisan ! Tu vas voir ce que tu vas voir mon vieux !

Et au gardien qui conduisait :

— Vous m'arrêterez à l'entrée du sentier côtier !

Et quand la voiture fut arrêtée :

— Viens Moisan ! Vous, dit-elle aux agents, allez nous attendre près de la porte d'entrée.

Elle s'engagea à grands pas sur le sentier désert et jeta un coup d'œil en contrebas :

— Tu as vu par où je suis descendue ?

La marée haute battait les rochers.

— C'est fou, dit Moisan en jetant un coup d'œil dans le vide. Puis, en essayant de retrouver son souffle : m'expliqueras-tu à la fin ?

— Viens, viens, le pressa-t-elle.

Arrivée en face de la villa, elle vit une étroite sente qui rejoignait la terrasse de la villa.

— C'est par là que mon malfrat est descendu.

Le malheureux Moisan reprenait son souffle. Elle s'engagea dans le sentier qui menait à la villa :

— Allez, viens Moisan !

De mauvaise grâce Moisan se remit en route en

ahanant. La terrasse devant la villa était dallée de pierres plates. A une cinquantaine de mètres plus haut on apercevait la barrière peinte en vert sombre. Le chemin qui y menait était bordé de rhododendrons. Moisan traînait en se tenant le flanc.

— Allez, grouille ! lui dit-elle.

— J'ai un point de côté, haleta-t-il.

Elle se moqua :

— Pour si peu ! Il va être temps que tu prennes un peu d'exercice !

Tant bien que mal, il arriva au portail. C'était une barrière de bois plein, à doubles battants, fermée par une grosse serrure.

— Regarde, lui dit Mary.

Elle souleva le loquet baïonnette qui maintenait un battant dans le sol et tira la poignée vers elle. En dépit du pêne engagé dans sa gâche, les deux battants s'ouvrirent sans opposition. Les deux flics attendaient sur la route. Elle leur fit signe d'entrer avec la voiture. De l'autre côté de la route, appuyé sur sa fourche, le jardinier contemplait la scène avec attention. Mary retourna vers lui :

— Il n'y a pas eu d'incident quand ils sont entrés ?

— Non dit l'homme. Sauf que…

— Sauf que quoi ?

— Que la sirène s'est déclenchée.

— Il y a une alarme ? demanda Mary.

— Ouais. Mais je les avais prévenus.

— Vous les aviez prévenus ?

— Ben oui, dit l'homme avec patience, comme s'il expliquait une évidence à une demeurée, chaque fois que les propriétaires rentrent chez eux, ils oublient l'alarme. Alors ça sonne et ça réveille tout le monde.

— Alors, qu'est-ce que vous avez fait ?

— Ben, je leur ai dit que l'interrupteur était sous le tableau électrique, derrière la porte d'entrée.

Et comme Mary le regardait, interloquée, il dit avec la supériorité de l'homme qui sait sur la femme qui ignore :

— C'est mon beau-frère qui a installé toutes les alarmes du lotissement. Il est électricien et les interrupteurs, c'est toujours là qu'il les met.

Puis il se mit à rire :

— Ça n'a pas loupé, ils ont foutu l'installation en branle ! Mais comme ils étaient prévenus, ils ont pu la couper tout de suite.

Il était tellement satisfait de lui-même que Mary n'eut pas envie d'ajouter un mot. Elle redescendit vers la villa.

Moisan avait repris son souffle et les deux gardiens fumaient, placides, en contemplant la mer.

— Et maintenant ? demanda Moisan.

— Mais on entre, mon vieux Moisan dit Mary en poussant la porte de chêne massif.

Et, à la grande stupéfaction de Moisan, elle s'ouvrit sans résistance. Mary pénétra dans un vestibule sombre qui sentait le tabac froid. Aussitôt la stridence d'une sirène se fit entendre. Moisan fit un bond.

— Ce n'est rien, dit Mary.

Elle repoussa la porte et baissa un petit bouton aussitôt la sirène s'arrêta. Et comme Moisan la regardait, éberlué :

— Ils ont de l'humour, les belges, ils ont poussé la plaisanterie jusqu'à remettre l'alarme !

Et à Moisan toujours bouche bée :

— L'interrupteur de l'alarme est toujours sous le compteur, derrière la porte.

— Comment sais-tu ça ?

Elle pointa un pouce en direction de la route :

— C'est Ducon qui me l'a dit.

Il y eut un silence et elle ajouta :

— Comme il l'avait dit aux belges. Tu parles d'un gardien !

Elle abaissa une manette et le vestibule s'éclaira.

— Ah s'exclama-t-elle, ça va être plus commode pour visiter.

Et à Moisan hésitant qui ne savait sur quel pied danser :

— Tu viens ?

Moisan regarda les agents d'un drôle d'air et dit :

— Mais Mary, on n'a pas de mandat !

— Et alors ? Ce n'était pas fermé, regarde !

Un morceau de bois pendait, arraché au chambranle.

— Pince monseigneur, dit l'un des agents en regardant la porte fracturée en connaisseur, avec des coins c'est imparable.

La poubelle de la cuisine était pleine de boîtes de conserves vides, mais la vaisselle avait été faite. Dans le salon les cendriers avaient été vidés dans la cheminée. De vieux journaux traînaient sur une table basse et le parquet portait des traces de boue. A l'étage deux chambres avaient été utilisées, les draps portaient encore l'empreinte des corps.

Mary devant, les quatre flics descendirent au garage. Suspendue au plafond il y avait une planche à voile et son gréement et, appuyée au mur du fond, une prame en bois verni près d'une table de ping-pong repliée. Sur des étagères, aux murs, des haveneaux, des avirons bien rangés. Le ciment du sol, qui était peint en vert, portait des traces de pneus. On y voyait aussi d'autres traces, plus sombres, qui avaient été sommairement essuyées.

— Messieurs dit Mary, voici l'endroit où Tibère est mort.

X

Ils étaient quatre dans le bureau du commissaire : Dumont, bien sûr, carré dans son fauteuil, les mains jointes sur le maroquin vert de la table, l'air grave. Et devant lui, debout, Moisan, Morlier, un jeune inspecteur tout bronzé rentré la veille des sports d'hiver et Mary.

Neuf heures venaient de sonner. Le commissaire Dumont dit comme à regret :

— Ce sont bien des traces de sang du même groupe que celui de Lucien Le Berre. Je crois, inspecteur Lester, que vous avez raison. C'est bien dans cette cave que le nommé Tibère a été passé à tabac.

Mary eut un mouvement pour intervenir tant cette phrase "passé à tabac" lui paraissait un euphémisme, mais elle se tut.

— Comment en êtes-vous arrivée à cette villa ?

— Depuis le début de cette enquête, chaque jour j'ai vu cette BMW immatriculée en Belgique. Sur la place Duquesne quand je suis allée rendre visite à madame Le Berre - du reste, je suis persuadée que ce sont eux qui ont fouillé la chambre de Tibère bien que madame Le Berre ait été très discrète sur ce point - puis sur le quai de l'Aiguillon, et enfin j'ai été témoin de l'altercation que Nicolas Le Maout a eu avec l'un des passagers de cette voiture au Café du Port. J'ai décidé, faute d'autre fil conducteur de suivre la BMW. Elle m'a menée à la villa des Sables Blancs. Là je me suis approchée d'un peu trop près et je me suis fait repérer. J'ai même failli avoir un "accident". Les deux types ont essayé de me coincer sur le sentier côtier, et j'ai dû, pour leur échapper, descendre par la falaise. Bien sûr, j'ai voulu vous en parler, mais vous n'étiez pas là. Alors je suis allée là-bas avec Moisan et deux gardiens.

— Tout de même, grommela le commissaire, ils ne manquent pas de culot ! Squatter une villa en plein jour, au sus et au vu de tout le monde !

Mary nota que, dans l'esprit du commissaire, il était plus grave de squatter une villa vide que d'essayer de jeter un inspecteur au bas d'une falaise. Peut-être que s'il se fut agi d'un inspecteur mâle…

Elle garda pour elle sa réflexion et ajouta :

— De surcroît squattée avec la complicité du gardien !

— Hein ? sursauta Dumont, quel gardien ?

— Un type qui s'occupe du jardinage et de l'entretien de plusieurs maisons du lotissement. Complicité est un bien grand mot, il serait plus juste de dire que le bonhomme est un grand naïf. Enfin, mettons-nous à sa place, il voit, en plein jour, arriver une belle voiture immatriculée en Belgique. Les gens qui l'occupent lui disent qu'ils sont invités par des amis de Paris qui leur prêtent la villa, seulement, ils ne savent pas exactement où elle se situe. Des gens qui habitent la région parisienne et qui ont une maison de vacances à Concarneau, il y en a des tas. Rien que dans ce quartier, il y en a deux. Ils n'ont qu'à choisir. Ils déclarent au jardinier qu'ils vont chercher la clé chez le notaire. Le brave homme n'y voit pas malice : le mot "notaire" inspire confiance. Ils reviennent et font mine d'ouvrir le portail avec une clé. Entre temps, ils ont fait le tour par le sentier côtier, hors de vue de tout le monde, et ils ont débloqué le vantail fixe. Quand ils reviennent au portail, il n'y a qu'à pousser, les deux battants s'ouvrent. Ils entrent en voiture et ferment derrière eux. Les voici à pied d'œuvre, ils n'ont plus qu'à forcer la porte. Ce faisant ils déclenchent la sirène, mais comme ce bon jardinier leur a indiqué la manière de la couper, ils sont tranquilles.

— Pourquoi a-t-il été leur dire ça, cet imbécile ? dit Dumont avec humeur.

— Mais pour rendre service ! C'est un homme d'une grande serviabilité, ce gardien ! De nos jours il y a tant de sirènes partout, sur les maisons, sur les voitures, que quand elles se déclenchent, plus personne n'y prête attention. Il m'a même dit que le propriétaire lui-même, l'actionnait involontairement chaque fois qu'il venait en vacances.

— Mais, dit Morlier, pourquoi prendre le risque

d'investir une maison inhabitée au lieu de descendre à l'hôtel ?

— Parce que, dit Mary, à l'hôtel on n'est pas incognito. On doit donner son nom, surtout si on entend résider quelques jours. Et puis, quand il y a un mauvais coup à faire, où cherchons-nous d'abord si ce n'est dans les hôtels ?

Moisan ne disait mot, le commissaire écoutait de toutes ses oreilles.

— Car, poursuivait Mary, ces types sont là pour un mauvais coup. Tibère savait quelque chose, les belges l'ont torturé pour le lui faire avouer.

— Croyez-vous qu'il ait parlé ? demanda Dumont.

— Certainement. Le pauvre Tibère n'était pas de la race des héros. Ils n'auraient même pas eu besoin de le malmener comme ils l'ont fait, quatre paires de claques et deux coups de pied aux fesses auraient suffi.

— Alors, pourquoi le tuer ? demanda Morlier.

— Les morts ne parlent pas, dit Mary. C'est la meilleure des raisons.

— Et pourquoi, demanda encore le jeune inspecteur, aller jeter le corps dans le bassin du port de pêche ? Ils auraient pu le balancer n'importe où sur le littoral.

— Seulement, dit Mary, actuellement il y a une multitude de gendarmes sur le littoral. Ils recherchent, parmi les détritus rapportés par la marée, les détonateurs tombés d'un cargo. Pour cette raison, toutes les plages sont interdites au public. Il vaut bien mieux venir au port de pêche la nuit, il y a toujours des voitures en stationnement. Et puis, ainsi on pourra penser que Tibère est tombé dans le port au sortir d'un bistrot. C'est d'ailleurs l'hypothèse qui aurait été retenue si on n'avait pas relevé des traces suspectes sur le cadavre.

Elle avait prononcé cette dernière phrase en regardant le commissaire Dumont.

— N'est-ce pas monsieur le commissaire ?

— Humph... fit Dumont pour toute réponse. Puis regardant Mary :

— Et selon vous inspecteur, qu'avait-il à avouer ce pauvre Tibère ?

— Je ne sais pas monsieur, mais certainement quelque chose qui a un rapport avec l'Atalante.

— L'Atalante ? Le chalutier ?

— Oui.

Le commissaire fronça les sourcils :

— Je ne comprends pas !

Mary entreprit d'expliquer patiemment :

— Lucien Le Berre était un copain d'enfance de Nicolas Le Maout. Ils ont été voisins, leurs pères ont navigué ensemble. Lucien a même été matelot sur l'Atalante. Oh, pas bien longtemps, une marée ou deux. Il n'était pas assez ardent au travail pour Nicolas, mais ils se connaissaient bien.

Les trois hommes étaient suspendus aux lèvres de Mary. Elle poursuivit :

— Dès son retour à terre, Nicolas Le Maout est abordé par un des "belges" au Café du Port. Ça se passe mal et Petit Pierrot doit intervenir pour expulser l'intrus. Le lendemain, l'Atalante qui était prêt à partir a ses amarres larguées dans la nuit. Malveillance ? Geste d'ivrogne ? Voire ! Il y avait ce soir-là une dizaine de bateaux à quai. L'Atalante était au milieu du quai. Pourquoi est-il le seul à avoir été détaché ?

— Hasard ? risqua Morlier.

Mary secoua la tête :

— Non. Acte délibéré. Acte d'intimidation à l'endroit de Nicolas Le Maout.

— Mais pourquoi ? demanda de nouveau Morlier qui n'y comprenait plus rien.

— Parce que, dit Mary, avant de mourir, Tibère a donné un nom : celui de Nicolas Le Maout.

— Nom de Dieu ! tonna Dumont en tapant du poing sur la table, qu'est-ce qu'un patron de pêche peut bien avoir à faire avec des gangsters internationaux ?

— C'est ce que j'aimerais bien savoir patron, dit Mary. Et quand je le saurai, j'aurai le fin mot de l'histoire.

Dumont se leva d'un bond :

— Eh bien, c'est tout simple ! Amenez-moi donc ce Nicolas Le Maout, on va bien voir ce qu'il a dans le ventre !

— Trop tard patron, dit Moisan, il a dû partir en mer ce matin.

Dumont se rassit en soufflant :

— Merde !

Et ce fut un effet comique : le téléphone se mit à

sonner, comme si le mouvement d'humeur du commissaire avait déclenché cette sonnerie. Dumont prit l'appareil et aboya : "Allo !" Puis ses yeux changèrent de couleur, il se laissa aller en arrière dans son fauteuil et un semblant de sourire pinça ses lèvres minces. Il dit : "Je vais aller voir" et puis "merci" et il raccrocha doucement l'appareil en regardant Mary, puis les deux autres inspecteurs.

— L'Atalante, dit-il, s'est échoué près de la Ville Close.

— Encore ? s'exclama Mary.

— Oui, dit le commissaire. Puis il se leva et dit d'un ton déterminé :

— Allons-y, messieurs !

Et regardant Mary qu'il avait oubliée il ajouta :

— Oh, pardon, vous aussi jeune fille !

XI

Mary eut l'impression d'être revenue de vingt-quatre heures en arrière. Le petit chalutier bleu et blanc était exactement à la même place que la veille et le remorqueur lui aussi était là. Cette fois, on n'avait pas passé d'aussière et on ne tentait pas de le déséchouer. Cependant le long bateau plat bordé de sa ceinture de pneus venait à couple de l'Atalante et à bord du chalutier, Mary vit la haute silhouette de Petit Pierrot portant un corps inanimé. L'ambulance des pompiers était arrivée à la cale aux voleurs, là où se tenaient Mary, Dumont et Moisan toute sirène hurlante. Maintenant qu'elle s'était tue, son gyrophare continuait de jeter des éclairs bleus. La voiture du SAMU s'arrêta dans un crissement de pneus et un médecin et une infirmière en descendirent en voltige.

Le remorqueur aborda et Mary vit Petit Pierrot qui portait dans ses bras le corps de Nicolas Le Maout qu'il n'avait pas voulu lâcher. Deux pompiers montèrent à bord porteurs d'une civière et il fallut quelques instants au colosse pour comprendre qu'il fallait déposer Nicolas sur le brancard.

Il fallut encore que le patron du remorqueur qui voulait repartir, le pousse pour qu'il monte sur le quai où il resta le regard dans le vague, serré dans sa vareuse bleue, ses poings monstrueux serrés à s'en faire blanchir les jointures. De grosses larmes qu'il ne songeait même pas à essuyer coulaient le long de son visage et il y avait quelque chose de pathétique à voir ce géant pleurer comme un enfant devant le corps inanimé de son ami.

Allongé sur la civière, Nicolas Le Maout avait le visage marqué de coups et du sang caillé avait noirci autour de ses narines. Agenouillés près de lui, le médecin et l'infirmière posaient une perfusion. Ils avaient retroussé la vareuse jusqu'au coude et la chair blafarde de son bras contrastait étrangement avec la main tannée à force d'être exposée aux morsures du vent et du sel. Quand ce fut fait, l'infirmière resta tenir le flacon de sérum et les pompiers embarquèrent le brancard. Puis l'ambulance repartit en douceur.

— Il n'est pas mort ? demanda Mary au médecin qui rangeait sa trousse.

— Non, mais il a été sauvagement battu. Il faudra faire des radios pour savoir s'il n'y a pas de fractures ni de contusions internes.

A son tour la voiture du SAMU s'en fut. Sur le quai, Petit Pierrot était toujours muré dans sa douleur. Louis Moing et Jean François Lours, les deux autres matelots l'avaient rejoint et ils attendaient on ne sait quoi, l'air désemparé, les poings enfoncés au fond des poches. Le commissaire s'était fait conduire à bord de l'Atalante par Moisan, dans un petit canot à godille. Mary s'approcha des trois matelots.

— Monsieur Landrin, que s'est-il passé ?

Petit Pierrot secoua la tête sans répondre. De nouvelles larmes jaillirent de ses yeux trop bleus et il tourna la tête pour ne pas montrer à cette jeune fille qu'il pleurait. Alors Mary se retourna vers Louis Moing :

— Vous étiez à bord monsieur Moing ?

Le matelot hocha la tête affirmativement.

— Quand on est venu pour embarquer à six heures, dit-il d'une voix lente, le bateau n'était plus là. Comme hier, juste comme hier ! On savait que Nicolas devait passer la nuit à bord pour éviter qu'on nous refasse la même connerie et voilà qu'on retrouve le bateau échoué à la même place. Alors on a pris un petit canot et on est venu voir.

Il secoua la tête en silence, comme pour prendre des forces.

— Quand on a vu la cabine, tout était saccagé là dedans, le radar, le sondeur, le decca ! Ma doué !

— Et Nicolas ? demanda Mary.

A nouveau le bonhomme secoua la tête :

— Massacré ! On l'avait foutu en bas et il était inanimé sur le plancher dans le carré, tellement abîmé qu'on ne savait pas par quel bout le prendre. On a cru qu'il était mort. Je me suis précipité à terre pour téléphoner à l'ambulance, et voilà…

— Et voilà, reprit Mary. Et bien entendu, vous ne savez toujours pas pourquoi on vous en veut !

Les trois hommes se regardèrent, puis la regardèrent par en dessous, dans un silence embarrassé. Enfin, ils se concertèrent du regard et se dirigèrent vers le Café du Port, laissant Mary sur le quai.

Là-bas, le jusant faisait prendre à l'Atalante une gîte insolite. Mary vit Moisan puis Dumont descendre dans le canot ; l'inspecteur prit la godille et d'un mouvement assuré, de ceux que l'on fait naturellement parce qu'on les a appris dans sa petite enfance, ramena le canot au quai. Puis il amarra le canot à l'anneau de fer rouillé, scellé dans la cale, avec une dextérité qui dénonçait une longue habitude.

— Alors ? demanda Mary au commissaire qui époussetait le bas de son pantalon.

— La cabine a été saccagée, dit Dumont, il y a pour quelques dizaines de milliers de francs de dégâts. Le Maout n'a rien dit ?

— Non, il était inconscient. D'après le toubib, il aurait été sauvagement battu, au point qu'il se demande s'il n'aurait pas de fractures et de lésions internes.

— Je retourne au commissariat, dit Dumont. Moisan, vous venez ?

— Pardon commissaire, dit Mary, Moisan ne pourrait pas rester avec moi ?

— Ah ? dit le commissaire comme si c'était là l'idée la plus saugrenue du monde.

Puis il haussa les épaules :

— Si vous voulez !

Puis il s'éloigna à grands pas.

— Que fait-on ? demanda Moisan.

— Je te paye un coup chez Léone, dit Mary.

*
* *

Chez Léone, le bar était désert, l'ambiance morose. Les seuls clients étaient les trois matelots de l'Atalante qui buvaient leur bière en silence, le front bas, murés dans leurs préoccupations.

C'était Léone qui faisait la conversation. Elle aussi avait sa tête des mauvais jours : on avait osé toucher à un de "ses" équipages. Et quel équipage ! Celui de l'Atalante, un des meilleurs bateaux de la pêche artisanale.

Ses deux poings serrés sur le comptoir, l'œil mauvais, elle énumérait ses griefs et ce qu'elle ferait à ces salopards si, d'aventure, ils lui tombaient sous la main.

Quand Mary et Moisan entrèrent, elle s'exclama sarcastique :

— On est sauvés, voilà la police !

Puis elle se retira dans sa cuisine. Moisan la héla :

— Oh Léone, y'a du monde !

La grosse revint en maugréant, le torchon à la main, ceinte d'un impeccable tablier blanc.

— Un demi ? demanda-t-elle à Moisan sur un ton de défi.

— Non, un café. Et toi Mary ?

— Café aussi.

Léone s'affaira autour de son percolateur et revint poser deux cafés sur le bar.

— Léone, dit Mary doucement, pourquoi avez-vous l'air de nous en vouloir ?

Les lèvres pincées, Léone haussa les épaules.

— Peut-être bien parce qu'aujourd'hui j'en veux à tout le monde. Voilà l'Atalante saccagé et Nicolas à moitié mort à l'hôpital. Qu'est-ce que vous attendez nom de Dieu pour arrêter ceux qui ont fait ça !

— Pour les arrêter, dit Mary toujours doucement, il faudrait savoir qui c'est, et où les trouver.

— Si on savait ça, dit Petit Pierrot avec un pli mauvais dans la bouche, sûr qu'on aurait pas besoin des flics pour régler nos comptes !

Mary se tourna vers lui et le considéra des pieds à la tête :

— Si, monsieur Landrin, vous auriez besoin des flics comme vous dites, car vous avez beau être fort comme cinq hommes, vous ne pouvez pas régler ça vous-même.

— Et qui m'en empêcherait ? demanda Petit Pierrot sur un ton de défi, vous peut-être ?

A son tour il toisait Mary qui se sentait minuscule devant lui. Puis son regard se posa sur Moisan et sa voix se fit sarcastique.

— Où lui ?

— Vous ne pouvez pas régler ça vous même, dit

Mary, parce que vous êtes un honnête homme, monsieur Moisan.

— Et si j'en avais marre d'être un honnête homme, ricana le colosse ? Si j'en avais assez de travailler de plus en plus pour gagner de moins en moins ?

Il fixait Mary, la défiait :

— Hein, qu'est-ce que vous diriez de ça, mademoiselle de la Police ?

— Je dirais "trop tard", monsieur Moisan.

Et comme l'autre la regardait sans comprendre, elle expliqua :

— On ne s'improvise pas truand à votre âge, voyons. Il faut avoir commençé jeune ! Voyez ce pauvre Tibère...

— Qu'est-ce que Tibère vient foutre là-dedans ? fit Petit Pierrot.

— Toute cette histoire se tient, monsieur Landrin.

Derrière son bar, Léone regardait Mary, attentive, suivant les répliques échangées le front plissé, cherchant à comprendre. Les deux autres matelots avaient les yeux perdus dans le fond de leur verre de bière. Moisan ne disait mot.

— Tibère n'a pas été tué par hasard, dit Mary. Il s'est malencontreusement acoquiné avec des types du milieu, des vrais, pas des gangsters en mie de pain. Des gens qui n'hésitent pas à frapper, à torturer, à tuer.

Elle fixa Petit Pierrot :

— Vous vous voyez faire ça, monsieur Landrin ?

Et comme le colosse à son tour fixait le fond de son verre sans répondre elle poursuivit :

— Non, n'est-ce pas. Je vous crois capable, dans un bagarre de distribuer des coups de poing, mais contre ces types là, ça ne suffit pas. Vous pourriez être encore deux fois plus grand, deux fois plus fort, si un de ces sales petits truands vous braque son revolver sur l'estomac, vous êtes fichu. Depuis le début dans cette histoire, vous jouez perdant.

— Quel début ? demanda Léone, quelle histoire ?

— Demandez-leur, dit Mary en montrant les trois hommes qui paraissaient plus gênés que jamais. Ils savent bien de quoi je parle. Vous avez vu comme ils sont ennuyés ?

— Et alors, dit Léone en tapant sur comptoir avec son torchon. Qu'est-ce que vous avez bande de têtes de lard !

— Allez-y madame Léone, dit Mary, à vous ils se confieront peut-être plus volontiers qu'à moi. Demandez-leur ce qui s'est passé pendant la marée où ils ont cassé une hélice. Car tout est parti de là. Je me trompe monsieur Landrin ?

Et comme Petit Pierrot la lippe boudeuse restait muet, Léone s'énerva :

— Mais parleras-tu à la fin, bougre de grand idiot ?

Elle l'avait saisi par la manche de sa vareuse et le secouait. Les deux autres se tenaient comme des gamins en train de se faire réprimander.

— Ça va ! dit Petit Pierrot d'une voix sauvage en

retirant brusquement sa main. Eh merde, qu'est-ce que c'est que ce bistrot ? C'est une annexe du poste de police ou quoi ?

Il posa son verre vide si brutalement sur le comptoir que le pied se brisa net.

— Mets ça sur mon compte, dit il à Léone.

Puis il sortit comme un taureau furieux, claquant la porte derrière lui. Il aurait fallu une muraille de béton pour l'arrêter. A leur tour Louis Moing et Jean François Lours prirent la tangente. Mary n'avait pas entendu le son de leur voix.

— Eh bien... dit Moisan.

Mary s'était dirigée vers la porte pour regarder les trois hommes.

— Je parie qu'ils vont aller chez Fernand, dit Léone. Mary supposa que c'était un autre bistrot mais elle vit qu'ils s'étaient regroupés et remontaient ensemble vers la station de taxi.

— Perdu, dit-elle à Léone. Ils prennent un taxi.

— Un taxi ? dit Léone d'un air d'incompréhension, mais pour aller où ?

— A l'hôpital, pardi.

*
* *

Mary ne s'était pas trompée. Quand elle arriva à l'hôpital, la première chose qu'elle vit ce fut la silhouette imposante de Petit Pierrot qui faisait les cent pas dans un couloir. Il n'avait pas quitté la vareuse de toile qu'il avait mise le matin même pour partir en mer et sa casquette à visière de cuir verni semblait vissée sur son crâne.

Les deux autres matelots étaient sagement assis dans la salle d'attente, encadrant une forme repliée sur elle-même que des sanglots faisaient tressaillir. Mary reconnut Maryvonne, la femme de Nicolas Le Maout.

Quand Petit Pierrot vit les deux flics, il rentra dans la salle d'attente et s'assit auprès de Maryvonne Le Maout. Moisan et Mary s'en furent au bureau des admissions où ils apprirent que pour le moment le patron de l'Atalante était en réanimation et qu'il était impossible de le voir. L'interne qui avait assuré l'admission du blessé leur confirma que Nicolas Le Maout ne serait en aucun cas visible avant le lendemain.

Ils reprirent le chemin du commissariat.

*

* *

A peine en eurent-ils franchi la porte que le planton interpella Mary :

— Inspecteur, le commissaire vous attend.

Elle escalada les degrés, suivie de Moisan qui, semblait-il, retrouvait de l'intérêt pour son métier.

— Ah, vous voilà Lester, dit Dumont. Comment va Le Maout ?

— En réanimation patron, il ne sera pas visible, ni donc audible avant demain.

Elle avait noté avec satisfaction que Dumont avait abandonné le "inspecteur" un peu protocolaire dont il usait à son endroit depuis qu'elle était arrivée à Concarneau. Il l'avait appelée "Lester", comme il aurait appelé Moisan ou Morlier. En retour, Mary l'avait spontanément appelé "patron", comme on doit le faire.

— Pas de nouvelles de la BMW, demanda-t-elle ?

— Rien, dit Dumont, sinon ces quelques renseignements.

Il tendit une feuille à Mary. C'était une épreuve de télécopie en provenance de l'Hôtel Central de Police de Bruxelles.

Elle leva les yeux sur Dumont qui souriait. Comment avait-il eu si vite ces renseignements ?

Il lui dit, sans cesser de sourire :

— Moi aussi j'ai des relations. Alors, vous avez vu à qui appartient cette fameuse BMW ?

— Qui est ce Jeff Van Loo, demanda Mary.

— Vous voyez bien, un honnête administrateur de sociétés.

— Honnête ? sourit-elle à son tour.

— Ben tiens, tout ce qu'il y a de plus honnête. Depuis peu, notez bien, car il y a encore une dizaine d'années il était fiché au grand banditisme et mieux connu sous le nom de "Jeff l'Anguille", surnom qui lui serait venu de sa propension à échapper à la police.

On l'a soupçonné d'avoir fait partie des "Fous du Brabant", ces cinglés qui attaquaient les hypermarchés à la chevrotine.

Mary émit un petit sifflement admiratif :

— Ce n'est pas du fretin !

— Non, admit Dumont. Enfin le voilà reconverti…

Il fixa Mary :

— Devinez dans quoi ?

— Officiellement, je le verrais assez bien dans les boîtes de nuit, les casinos…

— Bien vu. Jeff Van Loo exploite en effet quelques hôtels, restaurants et boîtes de nuit à Bruxelles, Liège et Knok le Zoute.

— Et bien entendu, poursuivit-elle, il est blanc comme… neige.

— Bien entendu. Quant à sa voiture, figurez-vous qu'on la lui a volée à Bruxelles, voici trois jours. Cet honnête homme a même porté plainte pour ce vol.

— Trois jours, dit Mary, le jour même où j'ai failli être balancée par-dessus la falaise.

— Coïncidence, n'est-ce pas, ricana Dumont. Les belges vous repèrent, vous ratent, puis ils apprennent que vous appartenez à la police. Comment ?

— Peut-être m'ont-ils suivi, dit Mary. Ma voiture est aisément reconnaissable et s'ils m'ont vu rentrer au commissariat…

— Peut-être, peu importe vraiment, dit Dumont : par vous ils comprennent que la police est sur leurs traces. Ils téléphonent à leur patron qui leur conseille de décrocher et de planquer la voiture. Lui porte aussitôt plainte pour n'être pas impliqué dans l'affaire.

— Pour autant, les Belges sont toujours là patron, l'agression contre Nicolas Le Maout le montre bien. Ils se sont planqués ailleurs, mais où ?

— Il y a tant de villas vides, dit Dumont, on ne peut pas toutes les fouiller.

— Vous croyez qu'ils ont refait le coup de la villa ?

— Pourquoi pas ?

— En tous cas, dit Moisan, ça m'étonnerait qu'on les revoie dans le coin.

— Et moi, dit Mary, ça m'étonnerait qu'on ne les revoie pas !

— Tu crois, vraiment, après ce qu'ils ont fait ?

— Qu'ont-ils fait ? squatté une villa ? Et après ?

— Mais, dit Moisan en regardant Dumont, et Tibère, et Nicolas, et l'agression contre toi sur la falaise ?

— Ça et rien, mon vieux Moisan, c'est pareil. La mort de Tibère, il faudrait des preuves…

— Et le sang dans le garage ?

— Présomptions, pas preuves.

— Et l'agression contre Nicolas ?

— Présomptions encore, Nicolas n'a, à cette heure, rien dit.

— Et l'agression contre toi sur la falaise ?

— Quelle agression ?

— Mais, dit Moisan décontenancé, tu m'as dit toi-même…

— Bien sûr que je te l'ai dit, et je te le redis, je suis

sûre que ces deux types voulaient me balancer par-dessus la falaise. Mais quelles preuves puis-je fournir ?

Elle regarda le commissaire :

— Ces types sont toujours par là, patron. Ils sont venus pour chercher quelque chose de bien précis, quelque chose qui a une grosse valeur, ils ne repartiront pas sans elle.

Le téléphone sonna et Dumont prit l'appareil.

— Ah dit-il, bien, bien… Merci Lebret. Il regarda Mary en souriant. Oui, elle va bien, l'air de la mer paraît lui convenir parfaitement… D'accord, salut.

Il raccrocha.

— C'était le commissaire Lebret qui venait s'enquérir de votre santé. Il s'inquiète de savoir quand vous allez lui revenir.

Mary eut un geste évasif.

— Ah, dit Dumont comme s'il se souvenait de quelque chose, il m'a également dit que la BMW vient d'être retrouvée à l'aéroport de Quimper, sur un parking de longue durée.

Il souriait, content de son petit effet.

— Mais alors, dit Moisan, c'est qu'ils sont partis !

— Tout doux, dit Mary, rien ne le prouve ! Qu'est-ce que vous en dites patron ?

— Je ne sais pas, dit Dumont.

Et puis, après un temps de réflexion :

— J'essaye de me mettre dans la peau de ces types. Bon, ils savent qu'ils sont repérés. Cependant, ils ont quelque chose de précieux à récupérer à Concarneau.

Comment faire ? Comment fait-on Moisan, quand on surveille des suspects et qu'on se fait repérer ?

— On remplace l'équipe de filature, patron.

— Voilà ! C'est ce que je ferais à leur place. Je rentrerais à Bruxelles et je demanderais à Jeff l'Anguille d'envoyer une autre équipe que nous ne connaissons pas.

— Et pendant ce temps, demanda Moisan, qu'est-ce qu'on peut faire ?

— Surveiller l'équipage de l'Atalante, dit Mary. Ils sont quatre. L'un d'entre eux est à l'hôpital, leur chef. Ce que ces hommes éprouvent pour Nicolas Le Maoût est assez singulier. Pour l'un d'entre eux, Petit Pierrot, c'est de la vénération.

— Et pour les autres ? demanda Moisan.

— Du respect certes, dit Mary, de l'admiration, mais aussi de la crainte.

Moisan regarda Dumont d'un air de dire : "Pourquoi craindraient-ils leur patron ?". Mary avait compris la question bien qu'elle n'ait pas été formulée.

— Parce que, dit-elle, c'est le patron, un patron avec un grand P, quasiment un patron de droit divin. "Seul maître à bord après Dieu", vous connaissez la formule. Eh bien, pour son usage personnel, Le Maout l'a étendue à la terre. Demain, s'ils n'obéissent pas aveuglément, il peut débarquer ces hommes comme il a débarqué Tibère qui était pourtant son copain d'enfance. Nicolas Le Maout est un dur. Il veut réussir et pour cela il sera sans faiblesse. Quant aux autres, ils savent que s'ils perdent leur place, vu la conjoncture actuelle de la pêche, ils ne sont pas prêts d'en trouver une autre. Or ces gaillards, les condamner à rester à terre, c'est les condamner à mort.

— Croyez-vous, demanda Dumont, qu'ils soient au parfum ?

— Bien sûr, dit Mary. Ils vivent à quatre sur un petit bateau, les uns sur les autres. Le secret, si secret il y a, est certainement partagé. Patron, ne pensez-vous pas qu'il faudrait laisser une garde à l'hôpital ?

— Peut-être, dit Dumont.

Et à Moisan :

— Occupez-vous de ça, Moisan. Quand à vous Lester, tâchez d'interroger Nicolas Le Maout dès que ce sera possible.

— Dès demain matin, patron. D'ailleurs, ce soir je reste dormir à Concarneau. S'il y a un fait nouveau pendant la nuit, qu'on n'hésite pas à m'appeler à ce numéro.

En allant et venant au long de la corniche, Mary avait repéré un adorable petit hôtel à l'ancienne qui bordait la plage de Cornouaille. Il s'appelait tout bêtement l'Hôtel de la Plage et il lui avait semblé que c'était là une maison de maître qui avait été aménagée pour recevoir les estivants. Elle s'était jurée de venir y passer un week-end au printemps, elle n'aurait pas à attendre jusque-là.

Ce fut une surprise plus agréable encore qu'elle ne l'avait espéré. Il semblait que le temps n'avait pas eu de prise sur l'Hôtel de la Plage. Les meubles de beau bois ciré occupaient la place qu'ils occupaient déjà voici un demi-siècle et le propriétaire, qui l'accueillit, recevait ses hôtes comme on reçoit des amis.

Dans le salon, une vieille anglaise à l'accent inénarrable conversait avec un couple de gens âgés. Mary comprit que son mari, mort l'année dernière, avait été abattu pendant la dernière guerre avec son avion de chasse et qu'il avait vécu quelques semaines dans la clandestinité à Concarneau avant de pouvoir rejoindre l'Angleterre sur un bateau de pêche.

Et depuis 1945, chaque année, le couple revenait passer l'été à Concarneau. Cette fois la vieille dame y venait seule. La dernière phrase que Mary entendit de la voix pointue à l'inénarrable accent fut : "Croyez-moi dear, on revient toujours à Concarneau".

L'hôtelier installa Mary dans une chambre entièrement lambrissée de bois clair qui donnait sur la mer. Si bien qu'elle avait l'impression d'être dans une cabine de bateau, mais sur un bateau immobile, ce qui était bien agréable.

XII

Mary était au plus profond de son sommeil quand le téléphone sonna. C'était Moisan, complètement affolé. Elle mit quelques instants à retrouver ses esprits :

— Moisan ? Mais qu'est-ce qui se passe ?

— Viens vite, Mary !

— Mais où es-tu ?

— Aux Korrigans !

Ça y est se dit-elle, le père Moisan s'est encore pris une cuite !

— Qu'est-ce qui se passe ?

— C'est Petit Pierrot…

— Qu'est-ce qu'il a fait, dit Mary alarmée.

— Il a pris des coups de couteau !

— Nom de Dieu ! Il est…

Elle n'osait prononcer le mot.

— Non, il vit, mais il a saigné comme un bœuf. Mais tu ferais mieux de venir !

— J'arrive, dit-elle en raccrochant.

Elle consulta sa montre posée sur la table de nuit : une heure trente !

Ellc s'habilla à la hâte, se passa de l'eau sur le visage et se coiffa sommairement. Heureusement, elle n'était pas à trois minutes des Korrigans. Il y avait un attroupement devant la porte et le fourgon de police stationnait en double file.

Sur le trottoir, Fine jetait de grands seaux d'eau sur des flaques de sang et un client qui lui donnait un coup de main poussait l'eau rougie au caniveau avec un balai-brosse.

— Ah, te voilà, dit Moisan l'air soulagé.

— Que s'est-il passé ? demanda Mary.

— Viens, Fine va t'expliquer.

Il interpella la patronne des Korrigans :

— Fine, viens donc voir !

Fine leva la tête, puis elle confia son seau à un autre de ses clients en lui indiquant ce qu'il fallait faire.

— Nous serons mieux à l'intérieur, dit Mary. Moisan, fais sortir tout le monde.

Les quelques clients qui étaient encore à l'intérieur du bar sortirent sans regimber et Fine, Moisan et Mary se retrouvèrent tous les trois dans la grande salle au plafond bas qui empestait la fumée. Mary s'assit sur une banquette et Moisan fit de même. La force de l'habitude fit que Fine s'enquit de ce qu'ils voulaient boire.

— Rien, dit Mary. Asseyez-vous, s'il vous plaît, madame.

Fine qui n'avait pas l'habitude de se faire appeler

madame s'assit docilement et posa ses mains sur la petite table de bois vernis. Dans les niches, les masques des korrigans sculptés dans des troncs d'arbres ricanaient sous la lueur des petites lampes.

— Qu'est-ce qui s'est passé ? demanda Mary.

— Je le lui ai dit, répondit Fine en montrant Moisan d'un geste du menton.

— Eh bien, redites-le pour moi.

— Voilà, il pouvait être minuit et quart, minuit et demi, il y avait un peu de monde au bar et presque toutes les tables étaient occupées. Petit Pierrot était là depuis les dix heures du soir et je peux vous dire qu'il n'était pas très gai.

— Il avait bu ? demanda Mary.

— Quelques bières, mais pour dire, il n'était pas saoul.

— Il est resté au bar ?

— Oui. Il disait toujours que c'était le seul bar à sa hauteur dans toute la région car, je ne sais pas si vous l'avez remarqué, mon bar est plus haut de trente centimètres que les bars ordinaires.

— Comment était-il ?

— Il avait l'air triste.

— Il venait souvent ici ?

— Chaque fois qu'il était à terre. Ça fait bien vingt ans qu'il est client de la maison.

— C'était un client difficile ?

— Difficile ? Le visage de Fine exprimait la stupéfaction. Pensez-vous, le plus gentil garçon de la terre. Et puis, vous pensez bien, personne ne lui aurait cherché d'histoires, un costaud comme ça !

— Alors, qu'est-ce qui c'est passé ?

— Ben, j'allais, je venais, je servais mon monde et en passant j'échangeais quelques mots avec lui. Et puis voilà deux types qui sont arrivés, des types que je n'avais jamais vu. Mais des sales gueules hein ! Vous savez, quand on a tenu un bar pendant trente ans on sait tout de suite à qui on a affaire. Ils se sont installés auprès de Petit Pierrot et ils ont commandé du whisky. Je les ai servis, et ensuite je suis allée en salle. Et alors je ne sais pas ce qui s'est passé, il y a eu bagarre d'un seul coup. D'habitude on sent ça arriver. Il y a des mots, puis le ton monte et enfin on s'empoigne. Ce qui me permet de les foutre dehors avant d'en venir aux mains.

Mary regardait Fine avec étonnement. Cette femme qui avait passé depuis belle lurette l'âge de la retraite et qui tenait son bar toute seule en faisant montre d'une belle autorité.

— Tout d'un coup, poursuivit Fine, on aurait dit que Petit Pierrot était devenu fou. Il a attrapé un des types par le col et il l'a soulevé si violemment que celui-ci s'est cogné la tête dans la poutre et est retombé assommé. L'autre a pris une chaise pour essayer de frapper Petit Pierrot, mais autant essayer d'arrêter un éléphant furieux avec une sarbacane. Il a balayé la chaise d'un revers de main et pris le type au col. Les pieds du type ne touchaient plus terre. Alors moi j'ai gueulé, "allez vous battre dehors !"

— On y va Fine, m'a dit Petit Pierrot.

Je ne l'avais jamais vu comme ça. Il avait un regard… féroce, oui, c'est ça, féroce. On aurait dit qu'il était content. Il tenait toujours le type au col, de l'autre main il a ramassé celui qui était assommé et il est sorti avec ses deux paquets comme s'ils n'avaient rien pesé du tout. Dehors il a continué à les battre, d'ici j'entendais claquer les gifles et je me disais que je n'aurais pas voulu être à la place de ceux qui recevaient ces coups de battoir. Et puis, tout d'un coup on n'a plus rien entendu. Par les carreaux de la fenêtre j'ai vu les phares d'une voiture. Je suis sortie…

Elle mit ses mains devant sa bouche comme pour empêcher des mots terribles d'en sortir, puis elle poursuivit :

— Petit Pierrot là, par terre, dans une flaque de sang et un troisième type qui embarquait les deux autres dans une voiture blanche. Aussitôt je suis rentrée et j'ai demandé Police Secours.

— Moisan, dit Mary, va donc voir dehors s'il y a quelqu'un qui aurait assisté à la bagarre. Ce serait bien rare si personne n'était sorti pour voir ça.

Puis elle se retourna vers Fine qui croisait et décroisait nerveusement les mains sur la table.

— Vous ne voulez vraiment rien boire ? demanda Fine à nouveau. Parce que moi, ajouta-t-elle, je prendrais bien un coup de raide. Tout ce sang, quelle horreur !

Elle se leva, passa derrière son bar et se servit un verre qu'elle avala cul sec.

— Dites-moi Fine, dit Mary, Petit Pierrot a bien parlé avec quelqu'un au cours de cette soirée.

— Oui, il y a eu Abel près de lui pendant un moment.

Moisan revenait avec un jeune homme bouclé tenant par la main sa copine, une jolie petite brune qui fumait une cigarette américaine en prenant des mines de star.

— Laurent Le Grand, dit Moisan, il a vu la bagarre.

— Asseyez-vous monsieur Legrand, dit Mary. Vous aussi mademoiselle. Un instant.

Elle se tourna vers Moisan :

— Va donc voir dehors si un certain Abel est toujours là. S'il y est, tu me le ramènes.

Elle revint à ses deux jeunes témoins.

— Alors, que s'est-il passé ?

Les deux jeunes gens se regardèrent, puis la fille dit, avec un accent concarnois très marqué :

— Ben voilà, on revenait du ciné, et on voulait aller boire un coup. Comme on allait entrer, Petit Pierrot est sorti en portant les deux types…

— Vous dites Petit Pierrot, vous le connaissiez ?

— Bien sûr, depuis longtemps.

— Où l'aviez-vous rencontré ? Ici ?

— Oui, et puis à la criée. Je travaille chez Pierrot Talec.

— C'est un mareyeur, dit Moisan en aparté.

Mary le remercia d'un hochement de tête.

— Bien, donc Pierre Landrin - je veux dire Petit Pierrot - sort avec deux types. Et après.

— Il y en avait un qui était KO, Petit Pierrot l'a laissé par terre et il s'est mis à foutre des baffes à l'autre, ma doué, j'ai cru qu'il allait lui arracher la tête. C'est alors qu'un troisième type est sorti de la venelle un couteau à la main. Il a donné deux ou trois coups dans le dos à Petit Pierrot qui est tombé par terre. Puis il a couru jusqu'à une voiture blanche, il s'est approché et il a embarqué ses deux copains. Celui qui avait reçu des baffes marchait de travers comme s'il était bourré, l'autre était toujours assommé. Il a dû le prendre par les épaules pour le porter dans la voiture.

— Et après ?

— Après, ils sont partis !

— Avez-vous pu noter le numéro de la voiture ?

— Non.

— C'était une voiture de quel type ?

La fille interrogea son copain du regard et ce fut lui qui répondit :

— Une Renault 25.

— Et dans quelle direction est-elle partie ?

— Vers la corniche.

Mary regarda Moisan d'un air interrogateur. Se pouvait-il que les truands soient restés dans le même quartier ?

Moisan eut une moue désabusée :

— Par la corniche on peut aller n'importe où.

Mary sortit son calepin :

— Je vais prendre vos noms et adresses.

Le garçon et la fille se regardèrent, inquiets et elle dut les rassurer :

— Ne vous inquiétez pas, c'est juste pour faire mon rapport.

Ayant pris ses notes, elle les congédia :

— Je vous remercie.

Les deux adolescents saluèrent gauchement et sortirent, toujours la main dans la main. Moisan revenait avec un grand gaillard aux cheveux châtains coupés courts. Mary jouait avec son carnet, tendant l'élastique qui le fermait et le laissant revenir sur la couverture avec un claquement sec.

— Voici Abel Belleg, dit-il.

Mary eut un geste d'invite de la tête :

— Asseyez-vous, monsieur Belleg. Que faites-vous dans la vie ?

— Représentant.

— Ah, et que représentez-vous ?

— Des peintures. Je suis spécialisé dans la fourniture pour les bateaux. Peintures sous-marine et autres.

— Vous travaillez donc essentiellement sur les ports.

— C'est ça.

— Vous habitez Concarneau ?

— Oui. J'y suis né.

— Marié ?

— Divorcé.

Il sortit un paquet de gitanes :

— Je peux fumer ?

— Bien sûr !

Mary le regarda allumer sa cigarette, puis quand il eut rejeté sa bouffée de fumée :

— Vous rentrez tous les soirs à Concarneau.

— Oui, sauf quand je suis en tournée dans le Sud.

— Jusqu'où allez-vous ?

— La Rochelle.

— Et vous venez souvent ici.

— Ouais, deux ou trois fois par semaine.

— Vous connaissez donc bien monsieur Landrin.

Abel fronça les sourcils :

— Qui ?

— Pierre Landrin, enfin Petit Pierrot.

Le visage d'Abel Belleg s'éclaira :

— Petit Pierrot, bien sûr ! C'est un vieux copain, quand il est à terre on prend souvent un pot ensemble.

— Vous connaissiez donc aussi Lucien Le Berre ?

Et comme le visage du représentant en peinture se plissait de nouveau, elle ajouta :

— Tibère.

— Ah, Tibère ! Bien sûr que je le connaissais ! Pauvre Tibère, mourir comme un rat, noyé dans le port ! Remarquez, avec les mufflées qu'il se prenait, ça lui pendait au nez.

— Puisque vous le connaissiez si bien, monsieur Belleg, vous n'avez pas remarqué, ces derniers temps un changement chez ce Tibère ?

Belleg plissa le front :

— Que voulez-vous dire ?

— Un changement d'attitude, un changement de façon de s'habiller, enfin, quelque chose qui n'était pas comme d'habitude.

— Bof, dit Belleg, il y a un mois ou deux, il nous a raconté une histoire de cornecul, qu'il allait toucher le paquet car il était sur un coup fabuleux.

— Et vous ne l'avez pas cru ?

Abel Belleg regarda Mary en souriant :

— Vous rigolez ? Tous les deux mois il nous en sortait une comme ça : un jour il allait tenir une boîte de nuit à Megève, le mois suivant, on lui confiait la gérance d'une pizzeria en Corse, quand ce n'était pas la direction d'un cercle de jeux à Deauville. Tout ça pour nous soutirer cent balles.

— Vous marchiez dans la combine ?

— Non bien sûr ! On faisait semblant, pour ne pas lui faire de peine, mais entre nous, on rigolait bien.

— Qu'entendez-vous par "entre nous" ?

Abel Belleg eut un geste vague :

— Ben, tous les copains, ceux qu'on rencontre le soir dans des boîtes comme ici... Il était bien gentil Tibère, mais dans le genre mythomane on ne faisait pas mieux. Oh, personne ne refusait de lui payer un coup, bien sûr, mais de là à se laisser taper, pas question.

— Vous savez que quand on l'a repêché il était entièrement vêtu de neuf ?

— Ses santiags et son blouson de cuir dit Abel. Il en était assez fier. Il avait dû réussir à extorquer trois sous à sa mère.

— Il tapait sa mère ?

— Bien sûr, puisqu'il ne pouvait taper personne d'autre.

— Bien, dit Mary. Et pour en revenir à ce soir ? Vous avez parlé avec Petit Pierrot au bar.

— Oui.

— Qu'est-ce qu'il vous a raconté ?

— L'échouage de son bateau, et puis l'agression dont a été victime Nicolas.

— Vous connaissez également Nicolas Le Maout ?

— Bien sûr !

— Qu'en pensez-vous ?

— C'est un des meilleurs marins du port.

— En tant qu'homme ?

Abel Belleg eut un mouvement du menton exprimant que là, c'était autre chose.

— C'est un dur, dit-il.

— Mais encore ?

— Les vieux appelaient ça "un type qui n'a pas froid aux yeux". Rien ne l'arrête, Nicolas, ni le temps, ni les aléas du métier.

— Et son équipage le suit.

— Holà, ils iraient en enfer avec lui. Tout ce que dit Nicolas est parole d'évangile.

— Donc, ce soir, Petit Pierrot boit sa bière tranquillement au bar en parlant avec vous.

— Avec moi, dit Belleg, mais aussi avec d'autres personnes, avec Fine…

— Ouais… Venons-en au moment où ces deux types sont arrivés.

— Ils se sont placés chacun d'un côté de Petit Pierrot, dit Abel, ils l'ont encadré en quelque sorte. Moi je parlais avec une fille à l'autre bout du bar, je ne faisais pas attention à eux. J'ai juste entendu une phrase, le plus petit a dit à Pierrot avec un sourire en coin : « Tu as vu ce qui est arrivé à ton patron ? ». Petit Pierrot est devenu tout blanc, il a attrapé le type par ses revers et l'a soulevé comme une plume, si fort que le crâne de l'autre est allé heurter la grosse poutre, là. Le choc a fait un tel bruit qu'on l'a entendu par-dessus la musique. Quand il l'a lâché, le type est tombé comme un pantin dont on coupe les ficelles, assommé net. L'autre, qui était plus costaud a essayé de frapper Pierrot avec une chaise, mais Petit Pierrot c'est pas un homme, c'est une montagne. La chaise s'est cassée sur son bras et de son autre main il a soulevé le type du sol. C'est alors que Fine s'est mise à gueuler qu'elle ne voulait pas de bagarre chez elle. Ici, tout le monde respecte Fine, alors Petit Pierrot a pris ses deux gusses sous le bras pour aller les finir dehors. Après je n'ai rien vu, car quand je suis sorti, Pierrot était allongé par terre et la bagnole des truands tournait vers le boulevard. Et puis l'ambulance est arrivée et voilà.

— Bien, dit Mary songeuse. Vous ne voyez rien à

ajouter monsieur Belleg ?

— Non, dit le représentant, sauf que je n'ai jamais vu Petit Pierrot se mettre dans un tel état. D'ordinaire c'est un type débonnaire, rigolard, facile à vivre. Pour vous dire, il vit avec sa mère, une vieille chipie qui le ferait passer sous la porte…

A cette évocation de la vieille madame Landrin, Mary ne put réprimer un sourire.

— Je vous remercie, monsieur Belleg.

Belleg sourit de ses belles dents blanches :

— Si vous voulez me revoir, ne demandez pas Monsieur Belleg, personne ne comprendrait.

Il se pencha vers elle et posa une large main aux ongles soignés sur la sienne et élargit encore son sourire :

— Demandez Bébel.

Puis, après une pression sur son poignet il se redressa et sortit. Avant de franchir la porte il se retourna et balança un clin d'œil appuyé.

Mary lui rendit son sourire.

— On dirait que tu as le ticket, fit Moisan.

Mary furieuse d'avoir été devinée se leva :

— Arrête donc de dire des conneries, Moisan !

☆
☆☆

Petit Pierrot avait rejoint Nicolas en réanimation. Le colosse avait reçu trois coups de couteau et avait perdu beaucoup de sang, mais aucun organe essentiel n'avait été lésé. Pour le moment, personne ne pouvait les visiter et encore moins les questionner. Dans le couloir, un agent veillait assis sur une chaise.

Eh bien mon vieux Moisan, dit Mary, il ne nous reste plus qu'à aller nous coucher.

Trois heures sonnaient quand elle regagna sa chambre à l'Hôtel de la Plage.

XIII

Le lendemain, à huit heures tapantes, Mary était à l'hôpital. Cependant, en dépit de l'heure matinale, Louis Moing l'avait devancée. Il attendait bien sage dans un des fauteuils du hall et il avait ouvert son caban de drap marine et repoussé en arrière sa casquette car les radiateurs donnaient à fond.

Mary vint s'asseoir près de lui.

— Eh bien monsieur Moing, dit-elle, à qui le tour ?

Le matelot baissa la tête sans rien dire.

— C'est un bien curieux jeu que celui auquel vous jouez, vous ne trouvez pas ? Voilà votre bateau démoli, votre patron estropié et Petit Pierrot qui, cette nuit, à été à deux doigts de se faire tuer. A propos, comment va-t-il ?

— Mieux, dit Louis Moing.

Il essayait de parler à voix basse, mais l'habitude, pour se faire entendre sur le bateau, de devoir couvrir le bruit du moteur faisait que sa voix résonnait dans tout le hall. Une femme de ménage qui passait la serpillière sur le travertin du sol se retourna pour le regarder avec réprobation.

Il s'en aperçut et en fut gêné. Du coup, sa voix ne fut plus qu'un chuchotement.

— On lui a fait deux transfusions et il doit sortir de réanimation ce matin.

— Et Nicolas ?

— Il a repris connaissance, on va le transporter dans une chambre ce matin également.

— Bien, dit Mary, attendez-moi là.

Elle se dirigea vers la réception. Derrière un comptoir, une jeune femme triait des fiches d'admission. Elle présenta sa carte.

— Madame, s'il vous plaît, je voudrais voir le directeur.

La femme regarda la carte, étonnée, puis brancha une fiche. Elle eut un bref entretien avec son correspondant, puis elle raccrocha et se leva.

— Vous prenez le couloir là, devant vous, c'est la deuxième porte à droite. Bureau 110.

Au bureau 110, le directeur en personne l'attendait à la porte. Il la fit entrer et lui offrit de s'asseoir.

— Merci monsieur le directeur, dit-elle. Voilà ce qui m'amène : vous avez reçu cette nuit un marin qui a été frappé à coups de couteau…

Le directeur hocha la tête :

— Oui.

— Et hier matin, un autre marin qui lui avait été sauvagement battu.

De nouveau le directeur hocha la tête.

Ces deux hommes étant actuellement hors de

danger, doivent sortir de la salle de réanimation ce matin. J'aimerais, si c'est possible, qu'ils soient hospitalisés dans la même chambre.

— Rien ne s'y oppose, mademoiselle. Je vais donner des instructions dans ce sens.

Le médecin regardait Mary d'un air interrogateur et elle sentit qu'une explication s'imposait.

— Ces deux hommes, dit elle, appartiennent au même équipage. Ils ont tous deux été victimes d'agressions et nous devons assurer leur protection. Il serait préférable qu'il n'y ait qu'une seule chambre à garder.

— Très bien mademoiselle, je m'en occupe.

Mary remercia et sortit. Louis Moing était toujours à la même place mais il avait ôté son caban et posé sa casquette sur le siège près de lui. Mary ne l'avait jamais vu tête nue, même quand elle était allée chez lui. Il ne devait ôter son couvre-chef que pour aller au lit. Aussi son front et le haut de son crâne, où les cheveux se faisaient rares, étaient blêmes et le bas de son visage tanné par les embruns avait une couleur de vieux cuir. Le marin avait un visage bicolore du plus curieux effet. Elle pinça les lèvres pour ne pas sourire.

— J'ai demandé, dit-elle, à ce qu'ils soient dans la même chambre.

Louis Moing approuva de la tête. Il ne paraissait pas plus disert que de coutume. Pour passer le temps, Mary s'en fut acheter le journal et se mit à le feuilleter, s'arrêtant en page "marinc". Les accroches étaient alarmantes, depuis "la pêche déboussolée" à "prix du poisson : l'inquiétant dérapage", jusqu'aux "quais du désespoir", les journalistes avaient choisi des titres frappants pour que leurs lecteurs situent la gravité du problème. Elle apprit ainsi que, par le jeu des importations, même le poisson de haute qualité ne trouvait plus preneur.

Elle tendit l'article à Louis Moing :

— Vous avez vu ça ?

Il prit le journal et haussa les épaules :

— C'est comme ça depuis deux ans, les prix baissent tous les jours. Même la lotte, même le bar, même la dorade ne trouvent plus preneur ! Quel monde !

Il jeta le journal sur un siège près de lui d'un air dégoûté.

— De la lotte pour les chiens et pour les chats ! dit-il avec une sorte de rage rentrée, on risque notre peau pour nourrir les chiens et les chats !

A nouveau il répéta :

— Quel monde !

Un interne en blouse blanche venait vers eux.

— C'est vous, demanta-t-il à Mary qui avez demandé à ce que nos deux blessés soient mis dans la même chambre ?

— Oui dit Mary. Comment vont-ils ?

— Aussi bien que possible. Si vous voulez bien me suivre…

Comme le médecin s'était adressé à Mary, Louis

Moing restait sur son siège, hésitant.

Mary se retourna vers lui :

— Venez donc, monsieur Moing.

Il ne se le fit pas dire deux fois et ramassa à la hâte sa casquette, son caban qu'il mit sous son bras et s'empressa à la suite de l'interne et de Mary.

— Ils sont tirés d'affaire, disait l'interne, cependant il leur faudra rester une dizaine de jours ici et après, du repos. Monsieur Landrin a eu beaucoup de chance. Deux des coups de couteau ont glissé sur ses côtes et le troisième a évité le rein de quelques millimètres. Quant à monsieur Le Maout, c'est également un miracle, à part une fracture du nez, il s'en tire avec des contusions.

Il ouvrit une porte :

— Voici nos deux miraculés !

Nicolas Le Maout avait le front bandé et une perfusion dans les narines mais on voyait à une lueur qui allumait ses yeux fiévreux qu'il avait retrouvé toute sa conscience.

Petit Pierrot était pâle comme quelqu'un qui a perdu beaucoup de sang. Ses grosses mains brunes gisaient, insolites, sur le drap blanc.

— Quand il vit Mary, il tenta de sourire.

Louis Moing allait de l'un à l'autre, pressant les mains, de grosses larmes dans les yeux.

Décidément, se dit Mary, ces rudes matelots sont de grands sensibles.

Mary s'assit sur une chaise et commanda à Louis

Moing d'en faire autant. Le matelot obéit, à regret.

— Joli travail, dit-elle, vous vous en tirez bien mes gaillards !

Et comme tous les trois la regardaient avec surprise elle s'expliqua :

— Votre bateau aurait bien pu être coulé. Il n'est qu'endommagé. Et vous, tous les deux, vous auriez bien pu être tués ; vous n'êtes qu'endommagés, comme le bateau.

Elle regarda Petit Pierrot :

— Je vous l'avais bien dit, monsieur Landrin, vous n'étiez pas de force ! Dame, vous êtes des honnêtes gens, contre les crapules professionnelles, vous ne pouvez rien.

Et Nicolas Le Maout parla d'une voix lasse, un peu rauque :

— Qui peut quelque chose ? demanda-t-il.

— Mais moi, dit Mary, enfin, je veux dire la police !

Nicolas Le Maout eut un pauvre sourire.

— La police...

Entre les plis de ses bandages il considérait Mary avec une sorte de commisération qui l'irrita.

— Et qui d'autre ? dit-elle un peu brusquement. Vous n'y croyez pas parce que c'est moi aujourd'hui que la représente, la police, et parce que je suis une femme, un petit bout de femme. Erreur, messieurs, je ne suis pas que ça. Je représente la Loi et c'est pour ça que je suis forte. Derrière moi il y a tout un appareil, une force dont vous n'avez même pas idée. Si vous aviez su vous maîtriser monsieur Landrin et si vous m'aviez fait prévenir, à l'heure qu'il est ces trois types seraient arrêtés et vous n'auriez pas frôlé la mort de près.

Elle fixa Petit Pierrot qui regardait vers la fenêtre, penaud.

— Vous allez continuer à vous taire ? poursuivit-elle. Bien, alors demain il faudra un troisième lit dans cette chambre, pour vous monsieur Moing, ou pour monsieur Lours. A moins que cette fois il y ait un mort. Dame, les miracles ne sont pas éternels. Dieu peut se lasser.

Elle se pencha sur le lit de Nicolas Le Maout :

— Parlerez-vous monsieur Le Maout ? Ou bien laisserez-vous vos copains continuer à se faire démolir, et quand ils en auront fini avec votre équipage ce sera le tour de votre femme, de vos gosses...

Le Maout tenta de se redresser, mais une grimace de douleur le cloua à son lit. Des lueurs de tempête passaient dans ses yeux gris.

— Ne vous agitez pas, dit Mary, ça ne sert à rien.

On frappa à la porte et, guidée par une infirmière, Maryvonne Le Maout entra avec ses deux enfants. Aussitôt elle se laissa tomber à genoux au chevet de son mari en sanglotant. Les deux enfants, intimidés ne disaient mot et restaient immobiles au milieu de la pièce. Puis Maryvonne Le Maout se releva, et laissa la place aux petits. Elle s'approcha du lit de Petit Pierrot et posa sa petite main sur la pogne du colosse.

— Je vais vous laisser en famille, dit Mary. Je reviendrai plus tard.

— Attendez, dit Nicolas Le Maout.

Il fit signe à Louis Moing d'approcher :

— Lili, tu lui feras voir…

Louis Moing hocha la tête ; Nicolas Le Maout poursuivit :

— …Et tu lui diras tout.

A nouveau le balafré hocha la tête en signe d'assentiment.

— Comment êtes-vous venu monsieur Moing, demanda Mary quand ils furent sur le parking.

— Avec le bus.

Et il ajouta un peu honteux, comme s'il eut révélé une tare cachée :

— Je ne sais pas conduire.

Ils montèrent dans l'Austin et Mary demanda :

— Où allons-nous ?

— Quai du Moros.

— Dans l'arrière-port ?

— Oui, l'Atalante est devant le chantier, rapport à ses avaries.

— Nous allons donc sur l'Atalante. Oui, Nicolas m'a dit de vous faire voir.

— De me faire voir la drogue ?

Louis Moing la fixa, stupéfait :

— Vous saviez donc ?

Elle hocha la tête :

— Je m'en doutais.

— Et vous n'avez rien dit ?

Le matelot n'en revenait pas. Mary n'avait pas le temps de lui expliquer qu'entre ce qu'elle croyait et ce qu'elle pouvait prouver, il y avait de la marge.

— Où l'avez-vous cachée ?

— Dans la machine, sous un faux plancher.

Elle avait lancé son moteur, quand, prise d'une idée soudaine, elle coupa le contact et ouvrit sa portière :

— Venez monsieur Moing.

— Mais… dit le matelot qui ne comprenait plus.

— Il doit bien y avoir une cafétéria par là, dit Mary, nous y serons aussi bien pour causer. Venez, je vous paye un café.

Il n'y avait pas de cafétéria, mais une machine qui leur livra un liquide noirâtre dans des récipients de plastique. Ils s'installèrent dans les fauteuils de la réception.

— Il y en a beaucoup ? demanda Mary.

Le matelot eut une moue :

— Plein une caisse de criée.

— Et combien peut contenir une caisse de criée ?

— Normalement quarante kilos de poisson. Mais il m'a semblé que cette marchandise-là était plus légère.

Mary siffla entre ses dents. Elle ne s'était pas attendue à une telle quantité.

— Bigre !

Elle fixait le marin qui roulait sa casquette entre ses doigts :

— Cocaïne ?

— Je ne sais pas. C'est blanc et c'est emballé dans des sacs plastiques.

— Comment avez-vous trouvé ça ?

— On l'a pêché dans le chalut.

— Ben dites donc, ça a dû vous faire tout drôle.

— Pas plus que ça. Si vous saviez toutes les saloperies qui traînent au fond de la mer.

— Et qu'est-ce qui s'est passé après ?

— Ben, on a mis les sacs de côté pour les donner à la douane.

— Et qu'est-ce qui a fait qu'ils ne sont jamais arrivés jusqu'aux douaniers ?

— Ben, on avait eu du mauvais temps pendant toute la marée, la pêche n'était pas bonne et les nouvelles des cours catastrophiques. En plus, on a cassé une hélice en Manche en heurtant une épave.

— Alors là, dit Mary, Nicolas s'est dit qu'il allait faire une marée déficitaire sauf s'il revendait la drogue.

Louis Moing baissait la tête.

— Ecoutez monsieur Moing, dit Mary, on ne va pas faire ici le récit des tribulations de Tibère en Belgique, ce n'est pas le lieu.

— Et la… La marchandise ? demanda Louis Moing dans un murmure.

— Pour le moment, elle reste là où elle est. Maintenant, je vais vous expliquer comment nous allons procéder : Nicolas et Petit Pierrot vont être gardés par la police ici à l'hôpital. Il y aura également une présence policière ostensible devant le domicile de Jean François Lours.

— Ostensible ?

— Oui, bien visible si vous préférez.

— Chez moi aussi ?

— Non, pas chez vous.

Et comme Louis Moing ne paraissait plus rien comprendre, elle expliqua :

— Il y a quatre hommes qui savent où est la drogue. Sur les quatre, trois sont gardés. A votre avis, que vont faire les gangsters ?

— Mais ils vont venir chez moi, dit Louis Moing effaré.

— Voilà, vous êtes la chèvre.

— Mais… balbutia le pauvre homme.

— Vous ne risquez rien, dit Mary.

— Qu'est-ce qu'ils vont me faire ?

— Ils vont vous demander de les mener à la marchandise.

— Et qu'est-ce que je ferai ?

— Vous les y mènerez !

— Ah…

— Vous les conduirez à bord du bateau, vous ouvrirez la cachette et vous leur donnerez tout ce qu'ils voudront.

— Et après ?

— Après ? Ils partiront.

— Mais…

— Ils ne vous feront rien. Ils ne vous auraient

jamais rien fait si vous leur aviez donné ce qu'ils voulaient tout de suite. Et puis, ne vous inquiétez pas, nous serons là. Le quartier sera bouclé, l'arrestation se fera en douceur.

Louis Moing hochait la tête, mal convaincu. Le rôle qu'il avait à jouer dans la pièce ne lui convenait pas.

— Enfin, dit Mary, vous êtes un homme monsieur Moing, vous n'allez pas vous laisser intimider par ces voyous qui ont mis à mal deux de vos amis ! Je peux compter sur vous ?

— Oui, fit Louis Moing sans enthousiasme.

— Maintenant, dit Mary, mieux vaut qu'on ne nous voie pas ensemble. Vous allez rentrer chez vous comme vous êtes venu et continuer comme d'habitude. Avez-vous le téléphone ?

— Non.

— Ah, c'est embêtant !

— Mais mon voisin de palier l'a. C'est de chez lui que je téléphone. C'est un copain.

— Parfait. Dans ce cas vous direz à votre femme que, si on vient vous chercher, elle téléphone immédiatement au commissariat. Voici le numéro.

Elle lui tapa familièrement sur le genou :

— Allez monsieur Moing, du nerf ! On va foutre ces salopards sous clef, et pour longtemps.

*

* *

Mary revint au commissariat à dix heures et demie. Le planton la héla aussitôt :

— Inspecteur…

— Je sais, le commissaire me demande. J'y vais !

Elle monta quatre à quatre la volée de marches et frappa énergiquement à la porte de Dumont.

— Ah, fit celui-ci le visage mécontent, vous voilà enfin !

— Hallali patron Hallali ! dit-elle en s'asseyant sur le bras d'un fauteuil.

— Hallali ? Ça veut dire quoi ça ?

— Ça veut dire que la mise à mort approche !

— Quelle mise à mort ? demanda Dumont ahuri.

— C'est une métaphore bien entendu, patron.

— Une quoi ?

— Une métaphore ! Ça veut dire que, ce soir ou demain, on coince les Belges la main dans le sac !

— Ah, Lester, dit Dumont, vous me surprenez ! Voilà deux heures qu'on vous attend… Moisan a fait son rapport sur l'agression contre Pierre Landrin.

— Bien, je comptais sur lui pour ça. Pouvez pas lui dire de venir ?

— Mais… dit le commissaire stupéfait par le ton cavalier dont usait Mary, mais si.

Il décrocha le téléphone et appela Moisan.

— Ah, tu es là ? dit Moisan en voyant Mary.

— Un peu que je suis là, mon vieux Moisan. Allez, assieds-toi, sinon tu risques de tomber.

— Vous m'avez l'air bien excitée, jeune fille, dit

Dumont.

— Il y a de quoi patron, le gros lot, on touche le gros lot !

Et comme les deux hommes se regardaient ahuris :

— De la came messieurs, plein une caisse de criée ! Ne me demandez pas quel poids ça peut faire, je n'en sais rien. Tout ce que je peux vous dire, c'est que si c'était du colin, ça ferait approximativement quarante kilos. Pour le reste, on fera les pesées après. J'espère que vous ne me chicanerez pas sur les grammes. Cocaïne ou héroïne, je ne sais pas non plus. En tous cas, elle est là.

— Là ? Où ? s'exclama le commissaire.

Puis s'adressant à Moisan :

— Elle divague !

— Je ne divague pas patron, écoutez-moi : voici quelques temps, l'Atalante, à l'issue d'une médiocre marée de pêche dans le Sud Irlande, relève dans son chalut une importante quantité de drogue emballée sous plastique. Le premier mouvement du patron, Nicolas Le Maout, est de remettre cette singulière capture entre les mains de la douane. Mais voilà, en rentrant à Concarneau, il heurte une épave flottant entre deux eaux et endommage son hélice. Il doit revenir au ralenti, sa marée de ce fait est fortement dépréciée et, en plus, son bateau est immobilisé pendant quatre jours. On sait les difficultés que rencontrent les marins, chute des apports, chute des cours, bref, comme tant d'autres, Nicolas Le Maout a de graves difficultés financières. Or il vient de faire une prise d'une valeur exceptionnelle : vingt ou trente kilos de drogue. Il n'a qu'à la vendre et le voilà renfloué pour longtemps. Seulement, à qui la vendre ? Pour qui n'est pas dans le circuit, la chose n'est pas aisée. Alors il pense à son ancien copain Tibère, un type qui a grenouillé dans les boîtes de nuit doit en connaître un peu plus que lui sur le sujet. Il le contacte et lui donne un échantillon pour amorcer l'acheteur. Tibère sait que les gros clients sont aux Pays-Bas. Il s'y rend et entreprend une tournée des boîtes de nuit à Bruxelles en racontant sa petite histoire. Or, à Bruxelles, un des rois de la nuit se nomme Jeff Van Loo, dit Jeff l'Anguille. Il achète sa came à Tibère, le fait boire et le fait parler. L'autre idiot lui en raconte tant et plus, si bien que Jeff l'Anguille sait bientôt qu'il y a, quelque part dans un port du Sud Finistère, un demi-quintal de drogue entre les mains de caves. Et aux caves, on n'achète pas, on pique. Il envoie donc deux porte flingues chercher la marchandise. Leur point de chute, c'est Tibère. Ils l'embarquent sans difficulté dans la villa qu'ils squattent aux Sables Blancs, et le torturent pour le faire dire où est cachée la drogue. Bien sûr Tibère s'allonge et leur donne le nom de l'Atalante et de Nicolas Le Maout. Or l'Atalante est en pêche, ils sont obligés d'attendre son retour. Comme ils n'ont aucune envie de garder Tibère pendant ce temps, ils l'exécutent (à moins qu'il n'ait succombé à un interrogatoire trop musclé, peu importe) puis ils le balancent dans le port. Quand l'Atalante rentre, ils prennent contact avec Nicolas Le Maout. Ça se passe au café du Port, et ça se passe mal. Petit Pierrot vire le malfrat avec pertes et fracas. Le lendemain, quelqu'un a largué les amarres de l'Atalante qui va s'échouer sur la vase près de la Ville Close. Par chance, le bateau ne subit aucune avarie. Ayant renfloué son bateau avec la marée haute, Nicolas Le Maout décide de rester dormir à bord pour éviter une nouvelle mésaventure. Malheureusement, les malfrats reviennent à deux et corrigent Nicolas Le Maout de telle sorte qu'ils le laissent pour mort. Ils saccagent également la passerelle du bateau. Une nouvelle fois l'Atalante s'échoue, par chance au même endroit que la veille. Le soir même, pensant que l'intimidation a dû faire son effet, ils abordent Petit Pierrot à la taverne des Korrigans. Pas de chance, Petit Pierrot n'est pas d'une race qu'on intimide. Le rappel des sévices infligés à son ami Nicolas agit sur lui comme le chiffon rouge sur le taureau. Il assomme un premier malfrat et entreprend de corriger l'autre. Malheureusement, ils sont trois. Le troisième poignarde Petit Pierrot dans le dos…

XIV

Dumont allait et venait dans son bureau comme un tigre en cage. Pour la vingtième fois, il se planta devant Mary qui attendait, assise sur une chaise, et gronda :

— Je ne sais pas, Lester, si j'ai bien fait…

Il n'acheva pas sa phrase et reprit son périple rageur en haussant les épaules. Mary, s'efforçant à l'impassibilité, ne prit pas la peine de répondre. Il y avait bien assez d'excités dans ce commissariat. Cette impassibilité ne fit rien pour calmer Dumont. A nouveau il s'arrêta et grommela :

— Je ne sais pas comment vous pouvez rester là assise…

Mary quitta son siège :

— Vous préférez que je me lève ?

A nouveau Dumont haussa furieusement ses puissantes épaules, puis il se laissa tomber dans son fauteuil pour se relever l'instant d'après :

— Vous savez bien ce que je veux dire !

— Voyons patron, dit Mary d'une voix égale, qu'elle s'efforçait de garder calme, que risquons-nous ?

Dumont se bloqua net :

— Vous ? Mais rien !

Il avait jeté ces trois mots dans un sorte de ricanement.

— Mais moi... reprit-il.

Il se planta devant la carte murale du plan de Concarneau et fixa un doigt épais sur la zone industrielle :

— Il y a là, quai du Moros, dans un chalutier en réparation, l'Atalante pour ne pas le nommer, une invraisemblable quantité de drogue qui serait, si j'avais deux ronds de bon sens, en ce moment sous bonne garde dans les bâtiments de la douane...

— Et, dit Mary, il y aurait aussi, dans la nature, trois assassins, ceux qui ont abominablement massacré Tibère, et qui ont failli expédier ad patres Petit Pierrot et Nicolas Le Maout.

— On les aurait tout de même arrêtés, dit Dumont.

Mary se rassit et demanda, sarcastique :

— Et sous quel motif patron ?

Et comme Dumont restait muet :

— Comme rats de cale, pour vol sur un chalutier ? Ça ne tient pas ! Tandis que quand nous les tiendrons, ils auront en leur possession vingt ou trente kilos de drogue. Cette fois, ils auront plus de mal à s'en sortir.

Dumont ne répondit pas. Depuis que Mary avait exposé son plan auquel Morlier avait adhéré avec l'enthousiasme de la jeunesse, Moisan avec plus de scepticisme, et lui Dumont, commissaire principal à

Concarneau, en le discutant point par point, il n'arrêtait pas de se demander s'il avait fait le bon choix.

Mary se fit réconfortante :

— Il ne peut rien arriver, patron, depuis que nous savons que la came est dans la cale de l'Atalante, le bateau est surveillé. Nous avons deux inspecteurs dans les bureaux de l'armement Pêche Océan, juste en face du quai. De là, rien ne leur échappe et personne ne peut les voir.

A nouveau Dumont vint s'asseoir, et se mit le visage dans les mains, vivante image du désarroi.

— Au moins aurions-nous pu enlever la drogue. Après tout, avec ou sans, ils seraient bien venus fouiller le bateau.

Mary eut une moue sceptique :

— J'en suis moins sûre que vous. Qui vous dit que ces types ne surveillent pas l'Atalante nuit et jour ? Il y a cent endroits d'où ils peuvent le faire.

A son tour elle se planta devant la carte murale :

— De la rive d'en face… Du haut du pont d'un des bateaux amarrés en face de la glacière…

L'ongle de son index, à l'ovale soigné, courait sur le plan, suivant les endroits d'où on pouvait effectivement surveiller l'Atalante. Son bras retomba et elle se retourna vers du Dumont :

— Et j'en passe.

Elle ajouta :

— Pour opérer cette saisie il aurait fallu prévenir la douane, qui sait si la douane n'aurait pas fait venir la gendarmerie et si les photographes du Télégramme, d'Ouest-France et les caméras de FR 3 n'auraient pas été au rendez-vous. Vous pensez, en voyant un tel remue-ménage, les Belges auraient bien vite regagné la Belgique !

Dumont protesta :

— On aurait pu le faire discrètement !

— Peut-être, concéda Mary d'un air dubitatif, mais alors, que serait-il advenu de Louis Moing ? Il vient dans le bateau avec les truands et leur indique le lieu où est cachée la drogue. La cache est vide, que font les Belges ?

Dumont haussa les épaules en signe d'ignorance.

— Ils sont foutus de le tuer patron, vous le savez bien !

Tous ces arguments elle les avait déjà exposés pour que Dumont adhère à son plan. Ça n'avait pas été facile et il avait fallu qu'elle lui fasse miroiter un brillant succès personnel pour qu'il se laisse convaincre. Mal convaincre, car il reprenait toutes ses objections une à une ; il fallait qu'elle se répète et elle commençait à se fatiguer.

Elle eut un mouvement d'humeur :

— Après tout, si c'est ce que vous voulez, il n'est encore pas trop tard... Prévenez la douane, ils viendront tout de suite.

— Je ne sais plus... avoua Dumont d'une voix lasse.

— Alors, laissez-moi faire ! Mon plan est extrêmement simple, simplissime, dirais-je même. De plus, il ne comporte aucun risque !

— Ah, dit Dumont, que je voudrais vous croire !

— Les Belges, dit Mary en se campant de nouveau devant le plan, vont aller chez Louis Moing, à Kerandon. De là, ils doivent descendre Quai du Moros. Ils peuvent y accéder par deux endroits : soit par la zone portuaire, soit par le pont du Moros. Louis Moing sera avec eux. Quand il leur aura donné la drogue, ils le laisseront derrière eux. Puis ils s'en iront.

— Justement, dit Dumont, par où s'en iront-ils ?

— Par le pont du Moros, dit Mary catégorique.

Le commissaire la regarda de travers :

— J'admire votre assurance !

Mary aurait pu lui dire que ce n'était qu'une assurance de façade et qu'elle tremblait tout autant que lui. Seulement, il ne fallait pas le montrer. Elle avait imaginé un plan qui, en théorie, ne pouvait pas rater. Qu'en serait-il dans la réalité ? Tant de choses peuvent faire échouer le projet le mieux ficelé.

Dumont regarda sa montre :

— Onze heures, dit-il comme pour lui-même.

Et Mary de la même façon :

— Il faut qu'ils passent par le pont du Moros !

C'est alors que le téléphone sonna. Mary se précipita et décrocha avant que Dumont eut pu faire un geste. Elle écouta et ne dit qu'un mot :

— Merci.

Puis elle raccrocha et, soudain tendue, dit à Dumont :

— Ils sont partis ! A nous patron.

Puis elle se précipita dans le couloir en criant :

— Moisan, Moisan, arrive !

Moisan sortit de son bureau un peu ahuri et Mary le soupçonna d'avoir sommeillé sur sa table. Elle le houspilla :

— Dépêche-toi, bon Dieu !

Ils montèrent dans le break R 20 conduit par un agent en uniforme. Mary s'assit près du chauffeur et lui commanda :

— Prenez le pont du Moros, et au trot !

— Je passe par le port ? demanda l'agent.

— Non par le haut.

La voiture fila au long des rues endormies. Le pont du Moros était éclairé par de grosses lampes au sodium qui répandaient une lueur rougeâtre. Quand ils l'eurent traversé, Mary commanda :

— Arrêtez-moi là.

Elle prit un scanner pour communiquer avec les autres voitures et descendit.

— Allez vous garer sur le parking en bas. Choisissez un endroit d'où vous pourrez voir l'Atalante sans être vus et attendez mes ordres.

La voiture s'éloigna et Mary se pencha sur la rambarde métallique. Vingt-cinq mètres en contrebas, les chalutiers semblaient grands comme des maquettes et l'Atalante paraissait être un jouet auprès du Saint Denis, un chalutier de grande pêche qui revenait du Groenland, où il avait pêché la morue, à couple duquel il était amarré et qui faisait quatre fois sa taille. Elle souffla dans son micro :

— Patron, vous m'entendez ?

— Ouais, dit le commissaire Dumont, rien encore ?

— Rien. Vous êtes au point convenu ?

— Ouais, prêts.

Dumont se tenait sur le parking d'une jardinerie près de l'autre extrémité du pont avec un fourgon Peugeot et deux hommes.

— Bien, dit Mary. Numéro deux, à vous.

— Bien reçu, dit le numéro deux.

Il s'agissait de l'autre fourgon de police avec quatre gardiens qui était garé sur le parking d'un entrepôt de surgelés, à une cinquantaine de mètres du pont.

Invisible derrière un pilier de pierre, Mary surveillait l'Atalante. La nuit était claire et dans le ciel on voyait de nombreuses étoiles scintiller. Loin sur la mer, des feux rouges, verts clignotaient. Pour les marins c'était autant d'indications sur les écueils à éviter, pour Mary ce n'étaient que des couleurs sans signification. Quelques rares voitures passaient et leur bruit de roulement résonnait étrangement sur le tablier du pont. De l'autre côté, on devinait une masse claire sur le noir des bois, c'était le château rose, curieuse construction qui paraissait avoir été conçue pour un Louis II de Bavière breton...

— Numéro 3 ?

— Prêts.

Le numéro 3 était l'autre R20. Elle se tenait en

retrait dans la rue des Chalutiers, tout près du pont écluse qui retenait un plan d'eau devant le château du Moros.

— Pourrez-vous barrer le pont avec la R20 ? demanda Mary.

— Avec la R 20 sûrement pas, dit une voix gouailleuse, mais on se débrouillera inspecteur.

Mary reconnut le timbre d'un jeune gardien, un nommé Martin, qui venait d'arriver à Concarneau et qui retrouvait ainsi sa ville natale.

Elle s'inquiéta :

— Vous êtes sûr ? Quand je vous donnerai le signal, rien ne doit passer !

— Soyez tranquille, inspecteur, rien ne passera !

L'assurance du garçon la rassura. Pourtant, en se penchant, elle vit le quai désert, les chalutiers en instance d'armement devant la coopérative maritime et deux énormes camions semi-remorque abandonnés près des bateaux.

Elle regarda sa montre, onze heures trente. A cette heure, il était trop tard pour intervenir. Il fallait faire confiance à l'équipe du bas. Tout était en place, tous savaient ce qu'ils avaient à faire. Il n'y avait plus qu'à attendre, ce qui restait le plus éprouvant.

Mary frissonna, elle avait remonté la capuche de son duffle-coat et elle était bien protégée du froid, mais soudain elle se prit à douter : n'aurait-elle pas mieux fait de laisser Dumont prendre la direction des opérations ? Dans ce cas, la drogue aurait été mise à l'abri et il y aurait eu un mandat international contre les "Belges". Oui mais sous quels noms ? Cette façon de faire leur assurait une impunité certaine dont Mary ne voulait en aucun cas.

Elle avait une petite tendresse pour les doux rêveurs comme Tibère, ce pauvre bougre que l'on avait abominablement malmené avant de l'exécuter froidement. Et cette tendresse s'étendait aux faux durs comme Petit Pierrot, colosse capable de verser de grosses larmes d'enfant devant son ami inanimé et Nicolas Le Maout amoureux de son métier de chien jusqu'à en mourir, jusqu'à risquer une connerie monstrueuse pour pouvoir continuer à aller en mer.

Et Louis Moing, ce petit homme discret qui ne demandait rien à personne... Rien, sinon qu'on le laisse aller en mer avec son équipage, qu'on le laisse trimer vingt heures par jour dans le vent, dans le froid, sur le pont glissant d'une coque de noix roulant bord sur bord dans la mer d'Irlande... Qu'on le laisse étriper ses poissons et ramander son filet au péril d'une lame plus forte que les autres... Qu'il puisse encore descendre dans la chaleur relative du carré manger un bout de pâté sur un morceau de pain dur, boire un coup de rouge et allumer une gauloise avant de dormir deux heures d'un sommeil de brute, tout habillé, tout mouillé, tout botté, sur son étroite couchette profonde comme un cercueil. Et qu'au retour le prix de son poisson lui permette de payer son loyer aux HLM et d'offrir quelques douceurs à sa femme, à ses gosses. Vaillants pêcheurs, ils ne demandaient pas grand chose, simplement le droit de vivre comme avaient vécu avant eux leurs pères et le droit d'espérer que leurs fils, eux aussi vivraient de la mer.

C'était peu, bien peu et pourtant il était à craindre que même ce peu leur fasse défaut. La crise était bien dure aux humbles. D'autres, des malins savaient en tirer profit et s'enrichir de leur misère.

Une lueur de phares balaya le terre-plein du Moros et une voiture blanche s'engagea au ralenti en direction du petit pont. Une R 25 ! Mary souffla dans son scanner :

— Attention à tous, objectif en vue.

Aussitôt elle entendit la voix de Dumont :

— Vous êtes sûre Lester ?

— Attendez, dit Mary. Pour le moment, tout ce que je peux vous dire, c'est que c'est une R 25 blanche, et qu'elle roule très lentement.

— Combien sont-ils à bord ? demanda Dumont.

— D'ici je ne vois pas. Il y en a deux devant et… Ah, elle est passée devant l'Atalante sans s'arrêter, elle continue vers la Coquille… elle remonte vers le Passage… Je ne la vois plus.

— Ce n'était pas eux, fit Dumont dépité.

— Attendez, dit Mary, je vois des phares… Ah, elle revient par la rue des Senneurs, ça y est, elle s'arrête devant l'Atalante…

La voix de Moisan se fit entendre :

— La voiture est arrêtée… Trois hommes en descendent. Je vois Louis Moing, il est encadré par deux hommes. Ils prennent la passerelle du Saint-Denis… Le quatrième homme est resté au volant.

Puis ce fut la voix du jeune flic à l'accent concarnois :

— Trois hommes montent à bord de l'Atalante… Ils ont des torches électriques… Ils descendent, je ne les vois plus…

— Bien, dit Mary, préparez-vous à barrer le pont.

— On y va ! dit la même voix enthousiaste.

Du haut de son pont, Mary entendit un grondement : un des semi-remorque s'était mis en marche et reculait vers l'entrée du pont qu'il ne tarda pas à boucher de sa masse imposante. Puis le chauffeur arrêta son moteur, descendit du véhicule et souleva le capot.

Mary sourit, il n'avait pas menti le gardien, pour être barré, le pont était bien barré !

Elle porta son scanner à sa bouche :

— Moisan, ça va être à toi !

— Qu'est-ce que je fais ? demanda Moisan.

— Portez-vous sans allumer vos phares au carrefour de la rue des Senneurs et de la rue des Bolincheurs.

— Et après ?

— Vous continuez d'observer la R 25. Normalement, elle doit prendre le pont du Moros. Si elle partait vers Lanriec, barrez-lui le chemin en mettant votre gyrophare en marche.

— Et si elle va vers le pont ?

— Vous la suivez à distance, tous phares éteints et vous me rejoignez à l'entrée du pont.

— Inspecteur, dit une voix dans le scanner, ils

sortent de la cale. Ils ne sont plus que deux… Ils portent une caisse… Voilà, ils passent sur le Saint-Denis… Ils descendent par la passerelle…

— Bien, dit Mary. Maintenant, remontez sans vous faire remarquer jusqu'au parking du magasin vert et mettez-vous à la disposition du commissaire Dumont.

— Ok, dit le petit flic concarnois qui s'appelait Martin.

Mary le rappela :

— Martin ?

— Oui inspecteur ?

— Bien joué pour le camion !

Un petit rire satisfait lui répondit. Puis il y eut la voix de Moisan, tout excité :

— Mary, ils débarquent du thonier. Ils portent

une caisse de criée… Le chauffeur sort de la voiture, il ouvre le coffre… Ils remontent tous… Voilà, ils démarrent, ils reprennent le petit pont. Ah, ils font marche arrière… ils reviennent vers ici… Ça y est, ils ont pris la bretelle d'accès au pont !

Mary trépigna sur place : "on les tient, se dit-elle". Puis à l'adresse de Dumont :

— A vous patron, mettez-vous en place, barrez le pont.

Il n'y eut pas de réponse, mais elle vit les phares du fourgon Peugeot arrêté à l'entrée du pont. Puis la Renault 25 blanche arriva au feu, mettant son clignotant à gauche le chauffeur attendit sagement que le signal passe au vert, puis il s'engagea sur le pont, passant à cinq mètres de Mary qui prit l'air le plus dégagé qu'elle put.

Sitôt que la voiture des Belges fut passée, elle cria dans son scanner à l'adresse du fourgon qui stationnait sur le parking du stade :

— Avancez, avancez, prenez le pont, vite !

En un instant le fourgon fut là, suivi de la voiture dans laquelle était Moisan.

— A tous, barrez le pont ! cria-t-elle.

Avec un ensemble parfait, les deux R 20 se mirent en travers de la route, coupant toute retraite à la Renault 25 des gangsters, isolée au milieu du pont. Celle-ci s'était arrêtée et avait esquissé une marche arrière. Mais les quatre gyrophares des véhicules de la police s'étaient mis en marche. La nasse était fermée.

Il y eut un moment étrange pendant lequel les cinq voitures restèrent immobilisées. La voiture blanche des gangsters était au milieu du pont sous les phares des quatre voitures de police. Mary imaginait avec jubilation ce qu'ils pouvaient se dire. Ça ne devait pas être la joie. Elle leur avait rendu la monnaie de leur pièce en les coinçant sur ce pont. Ne l'avaient-ils pas, elle aussi, prise de la sorte sur la corniche des Sables Blancs ? Seulement ici il n'y aurait pas d'échappatoire : vingt-cinq mètres de vide de chaque côté, et en dessous, de l'eau.

Quelques voitures qui voulaient emprunter le pont étaient détournées par un gardien par la zone portuaire.

Là-bas, dans la lumière des phares, une silhouette

s'avançait. Puis on entendit la voix de Dumont déformée par l'amplification du mégaphone :

— Sortez de votre véhicule les mains en l'air...

Pendant un moment rien ne se produisit puis les portières de la Renault blanche s'ouvrirent lentement et les trois hommes se retrouvèrent dans la lumière crue des phares.

Dumont s'avançait, suivi de six gardiens. En un rien de temps les gangsters furent menottés et embarqués dans le fourgon. Mary entendit la voix du commissaire dans le scanner :

— Terminé, on démonte !

Elle exhala un gros soupir et Moisan qui se tenait près d'elle sans qu'elle l'ait entendu arriver lui dit :

— Bravo inspecteur !

Elle se retourna vers lui, se prit le visage dans les mains et se mit à trembler :

— Mon Dieu, Moisan, ce que j'ai eu peur !

Puis elle se dirigea vers la R 20 garée sur le bord de la route et se laissa tomber sur le siège en soufflant :

— Ah, mes jambes ne me portent plus !

Elle demeura un moment prostrée, puis rouvrit les yeux :

— Nom de Dieu Moisan, et Louis Moing ?

— Quoi Louis Moing ? demanda Moisan.

— Il est resté dans le bateau !

— Et alors ?

— J'espère que ces sales types ne l'ont pas...

Elle ferma sa portière et dit au chauffeur :

— Sur le quai, vite !

Quand la voiture s'arrêta, elle en descendit en voltige et n'eut pas le temps d'entendre Moisan maugréer en la suivant :

— Et il paraît que ses jambes ne la portent plus !

Elle escalada la lisse du thonier et traversa le pont encombré de pièces métalliques et de bouteilles de gaz. L'Atalante était sagement amarré, attendant son tour pour réparer ses avaries. Elle se pencha et appela :

— Monsieur Moing !

Personne ne répondit.

— Monsieur Moing, dit-elle plus fort.

Elle revint au quai, inquiète :

— Moisan, amène-toi, et prends la torche électrique.

Puis elle revint à l'Atalante et se laissa glisser à bord du petit chalutier. Rien ne bougeait à bord.

— Monsieur Moing, appela-t-elle une nouvelle fois d'une voix oppressée.

Rien, pas un bruit hors celui produit par le couinement des amarres dans les écubiers quand de petites vaguelettes faisaient bouger le navire imperceptiblement. Puis il y eut un choc sur le pont et un faisceau de lumière troua la nuit.

— Viens par là, dit Mary à Moisan.

La porte de la cabine était ouverte. Moisan promena le faisceau de sa lampe sur la timonerie saccagée.

— Tu as vu le travail ?

— Ecoute, dit Mary en posant sa main sur le poignet de Moisan.

Il lui avait semblé entendre un bruit venant de l'intérieur du navire. Ils se penchèrent sur la descente et Moisan braqua la lampe sur l'échelle qui permettait d'accéder au carré. Dans la lumière blanche ils virent une forme sombre qui bougeait.

— Donne-moi la lampe, dit Mary à Moisan et appelle une ambulance.

Elle descendit par l'échelle qui était singulièrement raide et dont les marches étaient glissantes. L'air empestait le poisson, l'huile, le gas-oil, le tabac froid. Elle s'imagina un instant enfermée là-dedans par une tempête au large et en frémit d'horreur.

Louis Moing gisait sur le sol du carré dans une mare de sang en gémissant faiblement. Elle se pencha sur lui répétant ces deux mots qu'elle avait déjà tant prononcés :

— Monsieur Moing…

Louis Moing ouvrit les yeux puis les ferma, ébloui par la trop forte lumière. Il s'accrocha à Mary qui tenta de le relever. Heureusement, le bonhomme n'avait pas la carrure de Petit Pierrot. Elle parvint à le faire s'asseoir sur une banquette et il s'accouda à la table en portant sa main à sa tête avec une grimace douloureuse.

— Ça va ?

Et comme Louis Moing grimaçait de nouveau en regardant sa main pleine de sang :

— Qu'est-ce qui vous est arrivé ?

Louis Moing répondit par une autre question :

— Vous les avez arrêtés ?

— Oui, à cette heure ils sont en lieu sûr.

Sa grimace cette fois ressemblait à un sourire.

Moisan descendait l'échelle :

— Ça va ?

— Ça va, dit Mary.

— L'ambulance sera là dans cinq minutes.

— L'ambulance ? dit Louis Moing, pour moi ? Mais ce n'est pas la peine…

— On verra ça tout à l'heure, dit Mary. Maintenant, si vous me racontiez ce qui s'est passé ?

Louis Moing reprenait ses esprits.

— Eh bien, dit-il, comme vous l'aviez prévu ils sont venus chez moi. Ils m'ont dit que si je leur donnais la marchandise ils nous laisseraient en paix. Je leur ai dit où elle était, mais ils ont tenu à ce que je les accompagne. La caisse était sous le faux plancher dans la cale. Il fallait enlever six vis. J'ai démonté le panneau et ils ont pris la caisse. Après, je ne me souviens plus. Ils ont dû me frapper par derrière, je n'ai rien vu.

Il se tut et on entendit des pas sur le pont. Deux hommes en blanc accompagnés par le chauffeur de la R 20 descendaient l'échelle. Ils prirent Louis Moing sous les aisselles pour l'aider à remonter sur le pont et Mary demanda à Moisan de l'accompagner au compartiment moteur.

Ils descendirent une nouvelle échelle et une horrible odeur de gas-oil et de graisse la prit à la gorge. Derrière le gros moteur, un trou béait. Moisan y dirigea sa lampe sur cette sentine où la caisse de drogue avait été entreposée. Puisqu'elle avait été enlevée, il n'y avait plus rien à voir. Mary remonta dans le poste d'équipage et regarda les couchettes étroites. Moisan se tenait derrière elle.

— Quelle promiscuité, dit-elle.

— Tu t'imagines ça, Mary quand la mer est formée, quand le moteur tourne ?

Et comme elle ne répondait pas :

— Sais-tu ce qu'il y a de pire sur un bateau comme ça ? C'est le bruit du moteur. C'est un bruit qui vous accompagne quinze jours durant, sans jamais s'arrêter et dans une carcasse de fer comme celle-ci, ça résonne... C'est pour ça que les marins parlent toujours très fort. Si on ne gueule pas sur un chalutier, on n'a aucune chance de se faire entendre.

— Ce que je ne comprends pas, Moisan, c'est que ces types soient si attachés à ce métier. Mais c'est le bagne !

— Allez viens, dit Moisan en remontant l'échelle.

Et quand ils furent sur le pont :

— Tu as raison, Mary, c'est le bagne et tu ne peux pas comprendre, personne ne peut comprendre. Il faut être marin pour comprendre, comme il faut être mineur pour comprendre l'attachement à la mine, paysan pour comprendre l'attachement à la terre...

Et comme Mary ne répondait pas il dit en prenant pied sur le quai :

— Jusqu'à mon heure dernière j'en voudrai à ma mère, qui ne m'a pas laissé être marin !

Il y avait tant de conviction dans son propos que Mary le fixa pour voir s'il plaisantait. Mais non, l'inspecteur Moisan ne plaisantait pas.

L'ambulance était repartie et le gardien qui faisait office de chauffeur attendait patiemment au volant du break.

— Il paraît que ce n'est rien, dit-il en voyant Moisan et Mary reparaître. Il en a seulement pris un grand coup sur la tête et le cuir chevelu est fendu sur cinq centimètres, ce qui a produit une sérieuse hémorragie.

Et il ajouta sur un ton un peu docte :

— Ces blessures à la tête, c'est toujours impressionnant, mais quand on n'en meurt pas sur le coup, c'est rarement grave.

Mary s'appuya sur l'aile de la voiture et regarda le quai désert éclairé par la lumière rouge des lampadaires, les grands chalutiers immobiles au long du quai, et puis, tout au fond, les murailles de granit de la Ville Close sur lesquelles se découpaient les squelettes métalliques des grues bien alignées du port de commerce.

Quelque part une horloge sonna douze coups. Minuit, il n'était que minuit ! Voici quarante-cinq minutes, elle était toute seule là-haut sur le pont, promue chef d'orchestre d'une partition qu'elle avait imposée, avec pour tout instrument une boîte de plastique noir pourvue de touches et d'une petite antenne flexible. Et voilà que, triomphant de tous les scepticismes, elle pouvait savourer son succès. Là-bas au commissariat, Dumont ayant retrouvé tout son allant devait triompher. L'attendait-il ? Probablement.

— Eh Mary, tu viens ?

C'était Moisan qui la hélait par le carreau baissé.

Elle se retourna lentement. Là-bas, devant la criée, on sortait le poisson des cales des chalutiers sous la lumière crue des néons. A sept heures, le rituel de la vente pourrait recommencer. Jusqu'à quand ?

A regret elle monta dans la voiture. Moisan avait repris sa place devant, près du chauffeur et tous deux s'extasiaient, accablaient Mary de compliments excessifs qu'elle n'entendait pas. Ses pensées allaient à l'Atalante, à son patron, à ses marins, à ce monde si rude et si attachant qu'elle venait de découvrir. Nicolas Le Maout serait-il inquiété ? Quand l'Atalante pourrait-il reprendre la mer ?

A toutes ces questions elle n'avait pas de réponses.

La voiture ralentit, on arrivait au commissariat. Soudain elle se sentit accablée de lassitude et la seule idée de voir Dumont jouer les matamores lui fit horreur. Il n'avait pas besoin d'elle pour ça.

— Conduisez-moi à l'Hôtel de la Plage, dit-elle au chauffeur.

— Tu ne viens pas... s'étonna Moisan. Mais Dumont va être furieux !

— M'en fous, s'entendit-elle répondre. Tu lui diras que j'avais mal à la tête. Demain...

Moisan resta les bras ballants sur le trottoir tandis que la voiture s'éloignait dans l'avenue vide. Le café du port était fermé, chez Fine un rai de lumière sourdait par la fenêtre de l'étage et quand ils passèrent sur le boulevard Bougainville, elle aperçut les feux des bateaux qui partaient en pêche. Elle baissa son carreau, demandant au gardien de rouler doucement. La brise du soir sentait le sel et le goémon. Ce bruit sourd qu'on entendait, c'était le bruit des chalutiers franchissant la passe.

Demain elle allait retrouver son bureau au commissariat de Quimper. Mais avant, dans sa petit chambre lambrissée comme une cabine de bateau, elle serait réveillée par le bruit des vagues sur la plage de sable blanc. Et puis elle déjeunerait devant la mer en regardant planer les goélands.

Elle n'avait vu de cette ville que son côté le plus sombre, mais le charme avait agi, comme il avait agi sur des générations de peintres illustres ou inconnus. C'était déjà si beau sous le ciel gris, alors, sous le soleil…

Elle se promit de revenir et soudain il lui sembla réentendre la voix de la vieille Anglaise qui occupait une chambre voisine de la sienne : "Dear, on revient toujours à Concarneau".

Quimper, Janvier 94.

Quadri Signe - Editions Alain Bargain
125, Vieille Route de Rosporden - 29000 Quimper

Dépôt légal n° 8 - 2e trimestre 1994
3e tirage : dépôt légal n° 2 - 1e trimestre 1996
ISBN 2-910373-06-1

Imprimé en France